ようこそ
実力至上主義の教室へ
2年生編12

衣笠彰梧

MF文庫J

ようこそ実力至上主義の教室へ 2年生編 12

Welcome to the Classroom of the Second-year

contents

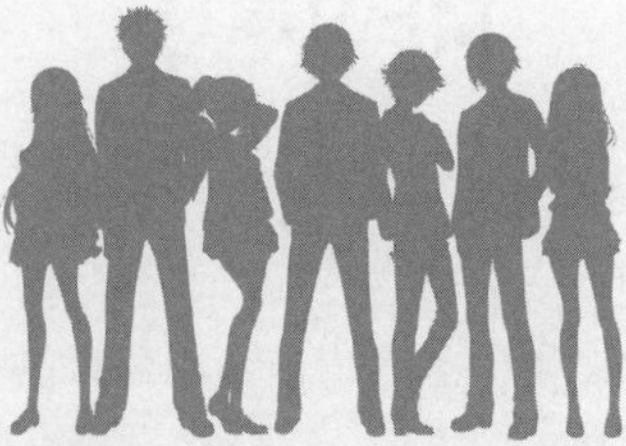

口絵・本文イラスト：トモセシュンサク

○星之宮知恵《ほしのみやちえ》の独白

私にとってサエちゃんは親友だ。

私にとって、サエちゃんはライバルだ。

一見矛盾しているような話だけど、意外と成立はするものなの。

それに2つの感情が並行しているのは、そんなに珍しいことじゃないと思う。

こう見えても、私には結構友人がいる。

小、中の頃の友達、高育、大学で出会った友達、社会人になってから知り合った友達。

だけど本音で語り合える関係が続いているのはサエちゃんくらいなもの。

向こうがどう思ってるかは分からないけどね。


他の誰かに負けたとしても、サエちゃんにだけは負けられない。

同じクラスで、Ａクラスを目指して共に過ごした日々が私にそんな感情を植え付けた。

元々サエちゃんは教師になりたかったわけじゃない。

だけどあの日、Ａクラスで卒業できないと理解させられた日、きっとサエちゃんは教師になってもう一度Ａクラスを目指したいんだと分かった。

だから私も教師を目指すことにした。
正直、私のやりたかったこととは程遠い職業。
毎日毎日、生意気な学生に舐《な》められるし給料だってあまり期待できない。
それでも私は教師になった。

目的はただ1つ。

サエちゃんの夢に、Aクラスで卒業する目標に、希望を持たせないため。

だってそうでしょ？
あの日私は、サエちゃんの下らない恋心のせいでAクラスでの卒業ができなかった。
そうでなければ、教師になることもなく、もっと華やかな人生を送れていたはず。
なのに、サエちゃんだけが教え子をAクラスで卒業させるって？
それで自己満足、過去を清算するって？

そんなの許せないじゃない。
私は今も過去に囚《とら》われ続けているのに。

だから私の目が届く限り、絶対に勝たせない。
もし学年末特別試験で私のクラスが負けるようなことがあれば……。
サエちゃんのクラスがAクラスになってしまったら——。
最悪、どんな手を使ってでも阻止しなければならない。
教師失格の烙印《らくいん》を押されたって構わない。
教職を追われてもいい。
道連れにしてでも、絶対に阻止するの。
そう心に誓っている。

間もなく始まる2年生学年末特別試験。

今回の勝敗次第で、崖っぷちに追い込まれた私のクラスの行く末が決まる。

私にとっても、生徒たちにとっても、絶対に負けられない重要な戦いが始まる。

○異色の学年末特別試験

3月も2週目、木曜日。2年目の学校生活もいよいよ佳境に入った。

この1年も、去年と同等かそれ以上に濃く忘れがたい日々だった。

良いことも悪いことも沢山あったと思われるが、この学校に在籍する者たちにとって、次の試練を無事に乗り越えられるかどうかで答えはがらりと変わるだろう。

学年末特別試験自体が、他の特別試験とは一線を画す重要な位置づけにされている。

去年、1年生の時に実施された特別試験を思い出して欲しい。

1対1のクラス勝負で行われた選抜種目試験。

7戦勝負で、勝利毎《ごと》に30クラスポイントを対戦相手から奪えるというルール。

結果的に僅差の勝敗にはなったが、7連勝すれば210クラスポイントのプラス。

更に勝利したクラスには100クラスポイントの報酬がついてくるものだった。

つまり、勝者と敗者で最大520ポイントの差が生まれ得たということ。

それだけで如何《いか》に学年末特別試験が大きなものかは分かるだろう。

「おはよう」

茶柱《ちゃばしら》先生が、落ち着いた様子で教室に姿を見せる。生徒たちから疎《まば》らに返される朝の挨拶。ここ数日、生徒たちは茶柱《ちゃばしら》先生の挨拶後の発言に注目を置いている。

空振り続きだったものの、どうやら今日いよいよ実現する時が来たようだ。

「今から学年末特別試験、その内容をおまえたちに通達する。ただその前に、私から少しだけ個人的な話をさせてもらいたい」

これまで数多くの特別試験に関する話を担任の茶柱先生から聞かされてきた。

しかし、今回の切り出しは今までと明らかに違っていた。

「私がこの高度育成高等学校の教師になって、今年で8年目。過去に二度クラスを受け持ち6年間担任として過ごしたが、その6年間は一度もDクラスから上がることがなかった。入学当初の私の言動を振り返れば、特に驚くことでもないだろう」

今では少し考えられないが、入学時の茶柱先生は随分と冷淡な対応をし続けてきた。

他の生徒よりも多少事情を知っているオレにすれば、然程《さほど》考え込む話でもないが。

「過去2つのクラスを受け持った時、私が考えていたことはたった1つ。余計な感情を入れ込むことはせず、公平かつ冷静な立場で見守り続けること。良い時も悪い時も教師として一歩距離を取り接することが正しいと信じ続けてきた。もちろんそれはこの学校の教育理念と合っているし、間違っていることではない。だが、これは教師として未熟な私の逃げでもあった、と今はそう感じている」

生徒たちは黙って、茶柱先生の言葉に耳を傾けている。

「公平性は大切だ。クラスの競争に、教師が介入して結果を捻《ね》じ曲《ま》げてはならない。しかし生徒が成長する機会を見過ごすことは、担任として、大人として、社会人としてやってはいけないことである。と、最近になってようやく気付くことが出来た」

自らに対する反省の弁。

「それを気付かせてくれたのは他でもないこのクラスの生徒たちだ。入学当初、何度か耳にしたことがあるだろう。過去Dクラスは一度も浮上することなく進級するのが当たり前だった。いつの間にか噂話《うわさばなし》が蔓延《まんえん》し、Dクラスに配属された生徒は『不良品』だと揶揄《やゆ》されるケースも増えてきていた」

一呼吸置いた茶柱先生は、再び唇を動かす。

「しかし、今おまえたちを不良品だと呼ぶ生徒はもういない。たった1クラスで過去に積み重ねられてきた悪《あ》しきイメージを完全に払拭したと言ってもいいだろう」

そう語られる生徒たちへの賛辞。

茶柱先生がタブレットを操作し、モニターを点灯させる。

それによって、3月1日時点での各クラスの順位と状況が表示された。

2年Aクラス　1098ポイント

2年Bクラス　983ポイント

2年Cクラス　730ポイント
2年Dクラス　654ポイント

補足するとAクラスが坂柳《さかやなぎ》、Bクラスが堀北《ほりきた》、Cクラスが龍園《りゅうえん》、Dクラスが一之瀬《いちのせ》がリーダーを務めるクラスだ。

特別試験が行われれば大きく変動するクラスポイントだが、何もない単純な月はほとんど微減に留《とど》まっている。

入学当初は、遅刻や欠席、見えないマイナス査定などで多く減らすこともあったが、それによる入れ替わりなどは期待できなくなっている。

こうやって改めてクラスポイントの順位表を見ると、如何《いか》にこのクラスが上昇気流の中にいるのかがよく分かる。

そう感じているのは何も生徒たちだけじゃない。

「983クラスポイント。何度見ても信じられないようなポイントだ。入学して僅か1ヵ月で、一度全てのクラスポイントを失ったクラスとはとても思えない」

先生も同様に順位を見て感嘆しつつ、少しだけ2年前を振り返り逡巡《しゅんじゅん》する。

「何より2年Bクラス。Bクラスだ。私自身何度口にしてみても、どうしても違和感が拭い切れない立ち位置だ。だが、このBクラスはゴールではない。この学年末特別試験の結果次第では、このクラスがＡクラスとなる可能性だってあるだろう」

現時点で、Ａクラスとの差は１００ポイントほど。

茶柱《ちゃばしら》先生が夢見た、いや、夢見ることさえ許されなかった、Ａクラスへの道。

それが手の届くところまで来ているということ。

「しかし慢心はしないでもらいたい。手が届く距離に近づいたからこそ、気を緩めず、目標に向かって突き進んでほしい。不出来な教師からの、お願いだ」

一度、茶柱先生は生徒たちに頭を下げる。

その後顔をゆっくりとあげ、深呼吸した茶柱先生が大きく目を開く。

「今から、学年末特別試験に関して概要を伝える」

先生からの言葉で、生徒たちの気持ちはしっかりと作れただろう。

誰も慌てることなく、その言葉を正面から受け止めた。

先生がタブレットを操作すると、モニターに特別試験の内容が表示される。

学年末特別試験
試験会場　特別棟
対戦クラス

2年Aクラス　対　2年Cクラス　　2年Bクラス　対　2年Dクラス

事前準備
・期日までに各クラスから代表者3名、先鋒《せんぽう》、中堅、大将を選出すること
（男女どちらからも1名以上の起用が条件）
・代表者の当日欠席に備え任意の人数の代役を指定可能
・当日代役を含め代表者が3人に満たない場合、学校側がランダムに代表者を選出する

試験ルール
代表者概要
・各クラスの代表者（先鋒→中堅→大将）による勝ち抜き方式を採用。
・先鋒は5ポイント、中堅は7ポイント、大将は10ポイントのライフが与えられる
・大将のライフを先に全て失ったクラスの敗北となる
・定められたルールの中で1対1による勝負を行うものである
・引き分けは存在せず、決着がつくまで必要に応じ試験は延長される
モニターには対戦するクラス（これは早い段階で分かっていたことだが）と事前準備と

書かれた項目、非常に簡単なルールだけが表示されていた。

今の段階では、具体的にどのような内容の勝負になるのかが一切不明のままだ。

「学年末特別試験を行うにあたり、まず事前準備をしてもらう。これは見てもらえばそのまま理解できるだろうが、一応口頭でも説明する。この説明の後、クラスで話し合いをして3名の代表者を決めてもらう必要がある。特別試験の勝敗を決める上で非常に重要な役目になるため、しっかりと話し合い、後悔の無いように決めてもらいたい」

代表者3名が敗れた時点でクラスの敗北か。試験の内容に関係なく重要性は明白だな。

基本的には誰でも好きに選出できるようだが、唯一性別の縛りがあるため男子3人や女子3人といった編成には出来ないところだけは気をつけなければならない。

代表者の誰かが万一欠席した場合、その代わりは立てられるらしい。

それなら念のため候補者を複数出しておいて損はないだろう。

「先鋒、中堅、大将とあるように選出と同時に戦う順番も決まっている。そして代表者同士の戦いは勝ち抜き方式だ。つまり、最初は互いに先鋒同士から勝負していくが、勝ち抜いた先鋒は現状のライフを引き継ぎ、対戦相手クラスの中堅、大将とライフを完全に失うまで続けて戦うことが可能だ。極論、先鋒1人で大将含む3名を倒すことが出来たなら、その時点で自クラスの勝ちが決定するということだ。1番有能だと思う生徒を先鋒にすればそんな可能性も見えてはくる――かも知れないが、オススメはしない」

茶柱《ちゃばしら》先生が口にした展開はロマン溢《あふ》れるものであるが、現実的には困難であろう。大将が先鋒《せんぽう》と中堅よりも多い10ポイントのライフを与えられる以上、有能な生徒ほど後ろに置いた方が圧倒的に得策であることは誰の目にもにも明らかだ。坂柳《さかやなぎ》や龍園《りゅうえん》、一之瀬《いちのせ》といったリーダーを奇襲で先鋒などに持ってくることが、その確実なメリットを上回る可能性は低い。

もちろん『先鋒が有利な試験』であるならその限りではないが、現時点の試験ルールからはそれが予測できないことと、茶柱先生の態度からもその薄い確率は無視して良さそうだ。

「この代表者を決める残り時間はそう多くない。日曜いっぱいがタイムリミットだ。もしもこの時間を過ぎた場合は学校側がランダムで生徒を3名選出する」

この辺はいつも通りの決まり事といったところだ。

当然、どのクラスもタイムリミットを破るようなことはしないだろう。

「代表者3人だけで、特別試験の勝敗を決める……ということですか？」

ここまでの説明を聞いているとそう考えても不思議はない。

洋介《ようすけ》がそのことを気にして、茶柱先生に質問を投げかける。

「確かにこの事前準備と試験ルールからはそう読み取れるだろう。しかし、もちろん代表者3名以外の生徒にも大きな役割が与えられる。代表者以外の残る生徒全員には、指定に応じた役目をしっかりと果たしてもらうことになる」

「大きな役割……ですか」

タブレットを操作し、茶柱先生がモニターの画面を切り替える。

試験ルール

参加者概要

・代表者以外の生徒は参加者となり、試験に参加する

・体調不良などによる欠席で出席者が35名を下回る場合はペナルティが発生する

※ペナルティ……1名につきクラスポイントを5支払う

※参加者の人数が36人以上のクラスは、35人を超えた人数分×5クラスポイントを得る

「代表者以外は全て特別試験に参加者としてその役割を全うしてもらう。ペナルティにも触れているが、このクラスは38人。代表者3人を引いて35人。つまり1人でも何らかの理由で欠席した場合にはペナルティが与えられる。逆に人数に余裕のあるクラスは、不測の事態にも対応が出来るし、多少の恩恵を受けられるということだ」

堀北《ほりきた》クラスは38人、坂柳クラスは全部で37人のため、参加者は余らない。龍園、一之瀬クラスは40人のためプラス10ポイント。

大きなクラスポイントとはお世辞にも言えないが、貰《もら》えるか貰えないかでは大違いだ。勝敗に関係なく与えられるのは、素直に嬉《うれ》しい要素だろう。

この点を不公平、と一概に嘆くことは出来ない。

一之瀬《いちのせ》クラスは誰一人欠けることなく、ここまで2年間戦い続けてきた。

むしろその褒賞の一環として見るなら足りないくらいだ。

龍園《りゅうえん》クラスも真鍋《まなべ》が欠けた後、葛城《かつらぎ》を引き入れるために大金をつぎ込んでいる。こちらも単純に得をしたとは言えない状況だろう。

それにしても……代表者もそうだが、参加者という役割はより中身が見えてこない。

ただ、代表者と参加者で明確にやることが違うことだけは確かなようだ。

この先、より詳しいことが表示されると思いきや、画面は突然ブラックアウト。

機材のトラブルや操作ミスかと思われたが、そうではないらしい。

「今、私がおまえたちに教えてやれるのはここまでだ」

「どういうことでしょうか。正直特別試験の内容が何も分かりません」

ここまで黙って聞いていた堀北《ほりきた》も、異様な茶柱《ちゃばしら》先生の発言に対し言葉を返す。

「そうだろうな。だが私が今伝えた通りだ。ここまでに説明した以上のことは、何も教えてやることが出来ない。意地悪をして隠しているわけではなく、私自身も学校から詳細を教えられていないからな。その詳細は特別試験当日に明かされるだろう」

想像もしていなかった発言にクラスの空気が、流石《さすが》に一変する。

担任の教師すら詳細を聞かされていない、というのは明らかに異常だ。

過去2年間、類を見ない告知と言っていい。

「おまえたちに課せられた最初の使命は代表者を3名選出することだ。代表者になる事自体にメリットは存在しないが同時にデメリットも存在しない。分かりやすく言えば役目を引き受けたところで大量のプライベートポイントは得られないし、かといって敗北したとしても退学するといったリスクを負うこともない」

あくまでも重要なポジションであるということだけが決まっているらしい。

「先生がルールを知らないことは分かりました。ですが現状、代表者を決めるための物差しがありません。何を基準に選出すれば良いのでしょうか」

「それを教えてやれれば良かったが、生憎《あいにく》とルール同様何も分からないな」

選出の基準すら知らされていないようで、困った表情を見せる。

「絶対とは言い切れないが、男女関係なく対戦することになること、特別棟が試験会場であることも踏まえると、身体能力を競うなどという可能性は低そうだ」

予測できる部分だけをそう口にした。

保証は出来ないようだが、場所とルールを考えればその読みは当たっていそうだ。

ならばその逆を突いて、勉強のできる生徒を代表者にすべきかどうか。

恐らく答えはノーではないだろうか。

もし仮に学力だけがモノを言う勝負であるなら、それを伏せるとは考えにくい。

1対1で、勉強でも運動でもないもので競い合う。

ではそれは一体何なのか。

「……対話による戦い……そんな可能性もあるってことでしょうか」

椅子から立ち上がった堀北《ほりきた》が、半分独り言のように呟《つぶや》いた。

「十分考えられるな」

確実にそうだとは言い切れないが、対話あるいはそれに近いものである可能性は否定できない。もし円滑なコミュニケーション能力が必要だとするなら、洋介《ようすけ》や櫛田《くしだ》のような生徒辺りが代表者選出の本命だろうか。

仮に試験内容が対話とは無縁なものだったとしても、総合力の高い両名なら柔軟に対応も出来そうだ。つまるところ如何《いか》なる内容でも勝負できる生徒を選ぶべき状況と言える。

「そして肝心の報酬については、勝利したクラスは200ポイントを得る。負けた場合は単純に報酬が得られずに終わるだけとなる。ただ、この結果には満場一致特別試験での選択も反映されるため、おまえたちの場合勝てば250のクラスポイントを得るわけだ」

まず分かったのは、負けても失うクラスポイントは無いと言うこと。

奪われる心配がないのは1つ救いだが、大きく差が開くことに違いはない。

得られる報酬が非常に大きいことを踏まえると、負けた方のダメージはかなりのものになる。一之瀬《いちのせ》クラスにしてみれば、ただでさえ後のない状況だ。

上位とのクラスポイントが更に引き離されてしまうと来年度1年間で行われる特別試験に全勝したとして、どこまで巻き返せるか、かなり雲行きが怪しくなってしまうだろう。

「説明は以上だ。代表者が決まり次第、連絡をしてくるように」

そう言って茶柱《ちゃばしら》先生は話を終えた。

1

恵《けい》との学校からの帰り道、橋本《はしもと》と話した時のことを少しばかり回想していた。

いよいよ来週に決定した、目の前にやってくる学年末特別試験。

ルールの詳細はまだ分からないが、クラスポイントの移動は明確に大きいと言える。

勝った方は笑い、負けた方が泣くことになるだろう。

それに関しては正直、試験での勝ち負けなのでどちらが勝とうとも想定の範囲内だ。

だが1点、元々の想定にはなかったものがある。それは坂柳《さかやなぎ》か龍園《りゅうえん》、負けた方のどちらかが、特別試験の内容に関係なく退学するという勝負に関してだ。

試験のルールでも明言もされている通り引き分けは存在せず、確実に勝敗は決する。

つまりどちらかが、特別試験の終わりと共にこの学校から姿を消すということ。

オレが内々に思い描いていた『4クラス全てにAクラスの可能性を残したまま3年生を迎える』という目標は実質潰《つい》えたと言ってもいい。

どのクラスが勝っても負けても、対応する下準備は進めていた。

坂柳《さかやなぎ》や龍園《りゅうえん》のような替えがききにくい存在に対しては、脱落の危機に瀕《ひん》した際には手を貸すつもりでいたし、実際にそう動いてきた。そもそも4クラス全てにAクラスの可能性を残す、ということ自体が普通ではないからだ。

競い合う性質上、生徒たちは他クラスとの拮抗《きっこう》した戦いなんて望んじゃいない。

だからこそ勝つべき時に勝つ、最善の手を尽くす。

堀北学《ほりきたまなぶ》も南雲雅《なぐもみやび》も、その結果の先に突き抜けた一強体制を作り上げることになった。

そうでなくとも、AクラスとBクラスの2クラスが競って、一騎打ちを繰り広げるか。

この学校の歴史はそういったことの繰り返しだったはずだ。

その背景があったから、根底を覆すため4クラスで競う戦いを作ろうと考えた。

それは確かにオレの思い描いた1つの未来だったが……。

この勝負が実行に移される前なら、取り消させることも不可能じゃないかも知れないが、2人が取り決めたことに第三者が口を挟むべきではない。

この先どちらかが欠けてしまうことは確定事項として、オレはどうすべきなのか。

龍園クラス、坂柳クラス、共に手堅くクラスをまとめられる人材はいる。

が、それでも現リーダーの替えになれるほどじゃない。確実に均衡は崩れる。４つのバランスを保つことが不可能になるなら、どうすべきなのか。保留にしていた決断も、学年末特別試験の結果が出る頃には決めなければならないか。

「ねえ清隆《きよたか》……」

隣を歩いていた恵《けい》が、ポツリと漏らすような声量で話しかけてきた。

「どうした」

短く問い返すと、声をかけてきたはずの恵がちょっと驚いた顔を見せる。

「今度の、さ。映画……楽しみだね」

「そうだな」

返事をするも、恵はどこかつまらなそうだ。

「何か考え事してた？　よね？」

「悪い。もしかして気がそぞろだったか？　特別試験のことを考えてた」

特に表情や仕草に出した覚えはなかったが、敏感に感じ取ったのかも知れない。

個の能力というよりも、恋人として短くはない期間を共に過ごしてきたことによる感覚と言っても良さそうだ。

「一緒に帰ってる時に考えることじゃなかったな。怒ったか？」

「そんなことはないけど……。今回、もしかしてクラスに協力するの？」

「どうかな。ただ、色々と考えは巡らせてるところだ。何か恵《けい》から話があるなら聞くぞ」

本音を隠しているようにも見えたが、ここは恵の近況へと意識を切り替えた。

ところが恵は一歩引くような姿勢を見せる。

「ううん、あたしのことは気にしないで。ほら、学年末試験って凄《すご》く大切な試験だしさ。もし清隆《きよたか》が真剣にやるなら間違いなくウチのクラスが勝つだろうし、クラスポイントが250も手に入ったら、それこそAクラスになっちゃうかも知れないでしょ？」

だから邪魔はしたくない、と恵は笑顔を見せて答えた。

もちろんこの殊勝な態度が作り物であることは火を見るよりも明らかだったが、ここは遠慮せずその配慮に乗っからせてもらうことにしよう。

「じゃあ週末のデートはキャンセルしてもいいか？　もちろん埋め合わせは来週する」

「まあそれならいいけど——キャンセルしなきゃダメ？　あたしとしては今週も来週も一緒がいいなって」

「出来れば学年末試験の前に各クラスのリーダーと会って話をしておきたい」

実際にはリーダー4人以外にも、接触しておきたい人物は複数いる。

が、ここでそこまで触れる必要はないと判断した。

「……各クラスの、リーダー……。……堀北《ほりきた》さんとだけじゃなくって？」

通常なら、自分のクラスを勝たせるために注力する。

だから堀北と話し合いを持てば十分じゃないのかと、そう思うのも無理はない。

「4人全員だ。一之瀬《いちのせ》に会うのが嫌か？」

「う……っ」

図星とばかりに、思わず恵がびくっとして慌てる。

「そういうわけじゃ……ないこともない、けど……って、嫌に決まってるじゃん……。でも清隆にとって必要なこと、なんだよね？」

「今回に限ってはかなり重要だ」

こちらがそう答えながら頷《うなず》くと、恵は渋々といった様子で頷き返してきた。

「やましいことがあるなら、黙って連絡を取ったり会ったり、しようと思えば幾らでも出来るもんね。だけど清隆はちゃんと許可を取ってくれてるし……」

呟《つぶや》くその様は、自分に言い聞かせているようにも見えた。

「信じるね？」

そして、最後にそう確認を取ってくる。

「今回各クラスのリーダーに会うのは、その先のことを見ておきたいからだ。それ以上でもそれ以下でもない」

こちらから真意を伝えても、恵の中で晴れた答えにはけしてならないだろう。

ここ最近の恵《けい》の様子を見ていると、以前とは何かが変わり始めている。
もちろんその原因がオレであることは明白だ。
男女の恋愛関係は、基本的に相手を信用し相手に信頼されなければならない。
しかし、その関係性に亀裂が生まれ始めている。キッカケなど様々だ。
お金、暴力、浮気、倦怠期《けんたいき》。関係が破綻する理由など無数にあるだろう。
だが簡単には相手に問いただせない。
好きじゃなくなった？
誰か他の人を好きになった？
自分に飽きた？
気になることがあっても、声に出すには相当の勇気がいる。
仮に声に出したとして問題が解決する保証はどこにもない。
「分かった。もうこのことは何も言わない。だから、詳しい報告もいらない」
会った時に話した内容まで問いただす気はないと恵が言う。
「助かる」
これで心置きなく学年末特別試験への対応が出来るな。
「じゃあさ、今日……泊まりに行っていい？」
それらを言葉に出来ない恵に出来るのは、少しでも長い間一緒にいることだけ。

共有する時間の中で自らに出来ることをして、何とか相手を繋《つな》ぎ留めたいと考える。

ここで拒否する理由は特にない。

痛む心さえ持ち合わせていなければ、オレにとってデメリットは生じない。

「いや、今週は止《や》めておこう。学年末の対策で忙しくなるからな」

それでもオレは断ることにした。

希望を絶たせない時期ではなく、希望を絶つための準備段階に入っている。

どれだけ細く脆《もろ》い糸でも、恵は身を挺《てい》して掴《つか》みに来てしまうから。

「……ちょっとだけでも……ダメ？」

「ちょっとだけでもダメだ。中途半端な相手しか出来ないのは、こっちとしても申し訳ないからな」

それでも食い下がる気なのか、諦めることなく言葉を続ける。

「あたしはいいよ、清隆《きよたか》に尽くすだけでも……。も、もっと好きになってもらえるように頑張るから」

その言葉にオレが呼応するように視線を向けると、僅かに唇を噛《か》んで目を閉じる。

「ごめん……清隆が嫌だって言ってるのに、こんなんじゃダメ、だね。大切な学年末特別試験の時に我儘《わがまま》言ってごめん」

「別にいい。試験が終わったら一緒に映画に行こう」

そう返すと、恵《けい》は静かに「うん」と頷《うなず》いた。

2

恵とはそのまま寮に入り、エレベーターの前でその日は別れることに。
オレには明日金曜日から日曜日にかけての3日間で、達成すべき1つの目的がある。
それは堀北《ほりきた》、一之瀬《いちのせ》、龍園《りゅうえん》、坂柳《さかやなぎ》の4名に会うこと。
各クラスのリーダーたちと直接話をすること。
学年末特別試験の内容を精査すれば、誰も傷つかず平和に終わる可能性は極めて低い。
そのことに対しどう向き合っているのか、そしてこの先どうしていくのか。
オレの身の振り方も踏まえ、最終確認をしたいと思ったからだ。
誰から会ってもいいんだが——。
ひとまず携帯を見ながら考えようと思ったオレの下に1通のメッセージが届いていた。
どうやら、こちらから声をかけずとも会いたいと思ってくれている人物がいたらしい。
しかも日時と場所まで指定してくれているので、余計なやり取りの手間も省ける。
オレは快諾の返事をして、改めてリーダーへのアポイントの順番を考えることにした。
こだわるつもりの無かった順番だが、ある目的を同時に遂行するには多少気をつけた方がいいこともある。

部屋に戻ったオレは、早速各クラスのリーダーに宛ててメッセージを送る。堀北以外の3人には土曜か日曜のどこかで会えないかというもの。

一方で堀北は少しだけ文面を変え金曜から日曜と書いておいた。

もちろん現時点では全員に会う予定があることや、話の内容には触れない。中には警戒して距離を取る、という生徒が出てもおかしくないからだ。

真っ先に既読がついたのは龍園だった。

今一番、オレと会わない選択をしても不思議のない人物だったが……。

『明日の放課後になら時間を作ってやる』

鞄《かばん》をテーブルの上に置いた辺りで、そんな返事が戻ってきた。

土日の予定が埋まっているための金曜提案なんだろうが、少しの時間も作れないというのは多少違和感を覚える。ただ、深い意味があるわけではなく、こちらの指定した土日を拒否しているように感じ取れた。それも何となく龍園らしい。

まあ堀北と先に会えるように調整すれば金曜日でも問題は無いか。

その返事に対し、どこで落ち合うかなどを軽くやり取りする。

結果午後7時カラオケルームに向かうことで落ち着いた。

その後、一之瀬からも返事が戻ってきて日曜日友達に会う予定があるのでその時に早めに落ち合うのはどうかと提案があったので、問題ない旨を返信。

1時間ほど経《た》った頃には堀北《ほりきた》からも連絡が来ていた。

分かりきってはいたことだが、学年末特別試験についての話をしたいから声をかけるつもりだったため、その話も出来るとありがたいと一文が添えてあった。

時間と場所については特に問わないとのことだったので、明日金曜日の放課後、ケヤキモールのカフェで落ち合うことを決めた。

残る1人の坂柳《さかやなぎ》からもその後に返事が戻ってきたが、週末は先客との約束が詰まっているようで、日曜日の夜、電話でも構わないかとのお伺いだった。

可能な限り、直接会って話そうと思っていたが通話でも然程《さほど》支障はないだろう。

オレは坂柳にそれで大丈夫だとの返事を戻す。

金曜の夕方にケヤキモールのカフェで堀北に会う。

金曜の夜にカラオケルームへ龍園《りゅうえん》を訪ねる。

日曜の朝、ジム前に一之瀬《いちのせ》と通学路のベンチで会う。

日曜の夜に電話で坂柳と話す。

この4人はマストだが、それ以外にもやっておきたいことは幾つかある。

そう予定を確定させた。

○終わらせておくべきこと

金曜日の放課後は、他の平日と比べケヤキモールの様子が大きく変わる。

5日間学業に勤《いそ》しんだ後に待っている休日を謳歌《おうか》するための助走に入るからだ。

だが、今週に限ってはいつもと少々見える景色が異なっていた。

モール内に足を運んでいる生徒の数が目に見えて少ないせいだろう。

約束のカフェに到着すると、先に教室を出ていた堀北が既に席について待っていた。

こちらに気が付いたので、ドリンクを注文する旨をジェスチャーで伝え、レジへ。

ホットコーヒーを1杯購入して、堀北の下に合流した。

目の前に座っている堀北はどこか落ち着きがなく、ソワソワしているように見える。

「どうかしたのか？」

「……どうか、とは？」

「いや、気になることでもあるような気がした。勘違いならいいんだが」

「もしかして、私の態度に出ている？」

「出てるな」

「そう。いえ、来週の試験のことを少し考えていただけ。気になったのならごめんなさい」

「今の段階から緊張してるってことか」

「仕方ないでしょう？　クラスポイントの変動も大きなものになる。私たちのクラスが上がるか下がるか、大きな分岐点なんだもの」

リーダーとしての自覚も強まってきている分、考えることはいつも以上だろうしな。

それも無理ないことだが、適度な緊張感も悪いことばかりではないか。

「ところで……1年生の姿が少ないことには気付いた？」

話題を変えたかったのか、視線を逃がしつつそんなことを聞いてくる。

「ああ。後輩たちもいよいよ学年末特別試験の試練がやってきたってところか」

カフェ店内だけを見ても、やはり1年生の数は非常に少ない。

週末でこの様子だと、相当大変な特別試験が出されたのかも知れないな。

「月日の流れなんてゆっくりなようでいてあっという間よね。彼ら彼女らも、もうこの学校に入学して1年も経《た》つなんて」

どこか達観したことを1年違いの2年生が言って、一口飲み物を飲む。

「なんか年寄りみたいな発言だな」

「年寄りは失礼ね。もう少し言いようはなかったのかしら」

不服そうに喋《しゃべ》る堀北《ほりきた》の方から、ちょっと甘めの紅茶の香りが漂ってきた。

「珍しいな。ミルクティーなんて」

「ちょっと糖分が欲しい気分だったのよ。色々考え込んでるところだから」

クラスのリーダーともなれば、誰よりも思考を張り巡らせなければならないからな。

「1年生はどんな試験をやらされるんでしょうね」

「さあな。気になるなら1年生を捕まえて話を聞いたらどうだ？」

「誰かに聞いてまで他学年に目を向けていられないわ。そもそも、上級生が関係のない他学年の特別試験に興味本位で踏み込んでいいものでもないでしょう？」

アドバイスを求められた時はその限りじゃないが、堀北の言う通りだ。

基本的には同学年の中で完結させるべき問題。もちろん、時には上級生や下級生に頼って活路を見出《みいだ》す者もいるだろうが、それは珍しい例と言えるだろう。

「試験の内容はさておき、1年生のクラス状況がどうなっているかは知っている？」

「AクラスからDクラスまで入学時から順位は変わってないだろ」

深く干渉しないことを暗黙の了解にしているオレたちに出来るのは、学校から開示されている情報を見てそれを共有することくらいだ。

「ええ。Bクラスの八神《やがみ》くんが特別試験に関係なく退学した時には、大きなペナルティがあったようだけれど、Cクラス、Dクラスとの差が大きくて入れ替わるまでには至らなかったようね。でもAクラスとの差が開いたことで少しずつ独走状態が始まっているわ」

そう言って堀北は携帯を操作することもなく画面をこちらに向けてきた。

3月1日時点のクラスポイント
1年Aクラス　991ポイント
1年Bクラス　697ポイント
1年Cクラス　532ポイント
1年Dクラス　510ポイント

オレを待っている間に、空き時間で調べていたようだ。

「去年の私たちもそう違いはなかったけれど、下位3クラスは結構肉薄しているようだし、いよいよ学年末特別試験次第じゃ、大きく入れ替わる可能性もありそうね」

報酬や対戦方式によるが、ケース次第じゃAクラスとDクラスがそっくり入れ替わる可能性も0じゃない。詳しい数字までは覚えていないが、堀北《ほりきた》クラスも龍園《りゅうえん》クラスも350ポイント前後を推移していたはずだ。それに今年の1年生はクラスポイントが800スタートであり、Dクラスでも500ポイント以上持っているというのはよくやっている。

「保有してるクラスポイントだけを見ると去年のオレたちより優秀そうだな。1年生たちはどんな風にクラスをまとめてるのか気になるところだ」

順位表とポイントを見て素直にそう評した。

Ａクラスは高橋《たかはし》か石上《いしがみ》、Ｄクラスは宝泉《ほうせん》と分かりやすいリーダーがいるようだが、Ｂクラスとクラスには今現在明確なリーダーはいないと思われる。Ｃクラスの椿《つばき》や宇都宮《うとみや》は比較的覚えのある生徒だが、クラスを引っ張って活動をしている形跡は現在薄い。

そしてＢクラスに至っては八神《やがみ》が先導していたものの、退学によってクラスがどのように変化しているか今現在情報は不明だ。

「確かにクラスポイントは高いかも知れない。でもだからって一概に優秀だとは決めつけられないでしょう？　出される特別試験は去年と異なるのだし。環境が違うのだからポイントの数値だけで安易に判断できないわ」

後輩たちを褒めたことが少し不服だったのか、堀北は少しだけ反論を入れてきた。

「確かに能力は別物か。オレたちの学年は入学当初の須藤《すどう》みたいな足手まといが他より多かっただけかも知れないしな」

「……そこまでは言わないわよ。意地が悪いことを言うのね」

堀北から振ってきた1年生の話題だったが、これ以上続けるつもりはないらしく、携帯の画面を切ってからもう一度カップに口をつけた。

「本題に移りたいのだけれど、あなたの話から聞いた方がいい？　それとも学年末特別試験について話をしても？」

1年生の話を挟んだことで、少しは心に余裕も出来たってところか。

「試験の方からでいい。というより、オレもその話をするつもりだったからな」

「そうじゃないかと期待はしていたけれど、それならこっちとしてもありがたいわ」

堀北《ほりきた》は嬉《うれ》しそうに目を細めた。

オレが自ら特別試験に関して連絡をしてきたことを好意的に受け止めたようだ。

「えっとそれじゃあ……まず今回の特別試験、現時点で優位に進めるための手立てってあると思う？」

そう聞いてきた堀北だったが、すぐに訂正するように首を軽く左右に振った。

「もっとストレートに聞くわ。あなたなら何か勝算を思いついている？」

と、そう聞き返してきた。

今回に関して言えば、紛《まぎ》らわしく遠まわしに聞かれるよりよっぽど好感が持てる。

「正直難しいな。学校から明かされている情報から予測できる試験内容、範囲はかなり広くて、絞ることは難しい。絞り切れない以上、勝利に結び付けられるような戦略を思いつくことは出来ない」

何百何千パターン考えられるだろう試験内容を首を捻《ひね》りながら推測するのは、ハッキリ言ってしまえばリソースの無駄でしかない。

「……そうよね。茶柱《ちゃばしら》先生すら詳細を把握していない試験だもの。対策なんて立てられないわよね」

オレからのアドバイスを期待していたのなら、普通であればがっかりするはずだ。

しかし堀北は何故《なぜ》か少しだけ嬉しそうな表情を作る。

「嬉しそうだな。逆の反応が返ってくると思っていた」

「そう？　嬉しくもなるわよ。何が飛び出してくるかも分からないような特別試験で、あなたの口から勝つ方法は思いついている、なんて言葉が出てくるんじゃないかって思っていたから。期待よりも不満の方が大きかったの。だからちょっと安心したわ」

そう言って嬉しそうだった理由を話しつつ、こう付け加えた。

「あなたって、そういうとんでもないことを言い出しかねない空気を纏《まと》ってるから」

こっちから纏った覚えはないが、突っ込みは入れない。

「試験の内容が分からない以上は誰でも同じ状況のはずだ。坂柳《さかやなぎ》も龍園《りゅうえん》も変わらない」

「そうね。じゃあ私たちには当日の詳細発表まで出来ることはない……と？」

「内容問わず手堅い成果を出してくれそうな代表者3人を厳選することくらいだな」

クラスの中から、欠点の少ない生徒を選びだすのがベターだろう。

「あるいは一《いち》か八《ばち》か得意不得意のハッキリした生徒を紛れ込ませて、賭けに出るか」

「それは……ちょっと怖いわね」

「まあ、だろうな。だからこそどのクラスも手堅いメンバーが中心になるはずだ」

「公平と言えば公平だけれど、もどかしい感じがするわ」

何か今の段階でやれることはないかと、答えのない答えを求める時間が多くなりそうだ。

「試験を推理して活路を見出《みいだ》そうとするほど泥沼にハマる。だからそんな時はちょっと視点を変えてみるのも面白いかもな」

「どういうこと？」

「試験の内容は分からなくても、対戦相手が誰かを想像することくらいは出来るだろ？　オレが相手のクラスの生徒なら堀北《ほりきた》は当然大将、先鋒《せんぽう》や中堅には洋介《ようすけ》や櫛田《くしだ》、その辺が本命になりやすいことは想像できる」

「……それは、そうね」

実際、堀北の中でも今あげた生徒の名前が候補に入っているはずだ。

「なら一之瀬《いちのせ》クラスは誰だ？　大将は一之瀬でまず間違いないが、他は？」

「やっぱり神崎《かんざき》くんは手堅く出てくるんじゃないかしら。他に突出した人は思い浮かばないけれど、初川《はつかわ》さんや浜口《はまぐち》くん、新浦《にいうら》くんなんかも十分候補になりそうね。でも……」

それで何が分かるの？　そんな様子を見せる。

「相手が絞れたならその弱点を探っておくくらいは出来る。これはあくまでもたとえ話だが、今名前の出た初川が三宅明人《みやけあきと》に強い好意を抱いているとする。だとするなら、それを狙い三宅を選出すれば、初川は正常な判断が下せなくなるかも知れない」

「つまり『相性』ということ？」

「そういうことだ」

「でも試験の勝敗を簡単に左右するほど相性が影響するとは思えないのだけれど――――」

「別に簡単だとは言ってない。突破が困難な時は、まずは着眼点を変えてみる。良い案か、悪い案かはその後で考えれば良いことだ」

それが重要であることを堀北に教える。

立つ位置をちょっと変えることであっさりと見えてくるものもある。

「覚えておくことにするわ」

言葉は素直だったが、何かが気に入らなかったのか目は少し不服そうだった。

「色んなことに頭の回るあなたに質問よ。あなたが言った私、平田《ひらた》くん、櫛田さん。その3人で代表者はいいと思う？」

「それはクラスのリーダーたる堀北が主軸となって考えることだろ」

「まずは周囲の声に耳を傾けてみようと思ったのよ。それが今の私の考えよ」

ちょっと捻《ひね》くれたような、とんちを利かせたようなことを言う。

そういうことなら答えようか。

「クラスの代表者は1対1の構図が確定している。つまり複数人で実力を発揮するようなタイプよりも、個で戦える生徒を選ぶようにした方がいい。それに須藤《すどう》や小野寺《おのでら》のように身体能力に特化した生徒は外したいところだ。洋介や櫛田は集団でも能力を発揮するが一人でも柔軟に対応できるだけのスキルを持っている。無難な選択と言えるだろう」

「教科書に書いてありそうな面白みのない回答ね。もう少し個性が欲しいところだわ」

「オレの意見に頼らずとも、もう方針は決めてるんだろ？」

代表を決める時間は日曜いっぱいまで。

この段階でも候補者を絞っていないようではお話にならない。

「まあ、そこはね。と言っても任せられそうな人はそう多くない。あなたの意見とほぼ一緒よ。平田《ひらた》くんと櫛田《くしだ》さんが筆頭候補になるのは避けられない。もっとも、それが本当の意味でベストな選択とは言えないけれど」

「ならおまえの言うベストな布陣は？」

そう問いかけると、ジトっとした目線をこちらに向ける。

「綾小路《あやのこうじ》くんと高円寺《こうえんじ》くんが引き受けてくれるなら任せられるのだけれどね」

堀北《ほりきた》の思い描く代表者3名。堀北、綾小路、高円寺、か。

確かに本人の意思に関係なく代表者を選ぶことが可能なら、それが理想かも知れない。

「あなたのことは一度おいておくにしても、こういう時、やっぱり高円寺くんが素直に引き受けてくれたら、とは考えてしまうのよ」

「あいつが真面目にやるなら野生の勘も相まってズバズバ倒して行きそうだしな」

そうなのよ、と堀北も激しく同意する。

先鋒《せんぽう》で出てそのまま大将首を獲《と》った、なんてこともあるかも知れない。

もちろん、強行指名などすれば戦わずに自ら敗北する、そんなリスクも高いが。

むしろそうなる未来しか見えない。

「叶《かな》わないことは分かっているわ。高円寺くんのことは、もう卒業まで静観することを認めてしまっている。自分から代表者になると言い出さない限りこちらから要請することすら現実的じゃない」

薄い確率を狙って声をかける、といった行動すら取っていないようだ。

もちろんその選択は正解で、不用意に希望的な声かけはすべきじゃない。

あの高円寺のことだ、それは契約違反だとでも言い出して、無理な要求をしてきてもおかしくはないからな。

「彼は無理にしてもあなたが引き受けてくれたら安心して任せられるのだけれど……」

お伺いを立ててるように、チラリとこちらを見る。

「引き受けると思うか？」

「思わないわ」

「思わないか。別に堀北が希望するなら引き受けてもいいけどな」

「そうよね、やっぱり簡単にはイエスと言ってくれな——え？」

言いかけて、口が開いたまま固まる堀北。

「今、なんて？」

「堀北《ほりきた》が望むなら引き受けてもいいと言ったんだ」

改めて伝えるも、すぐには脳の処理が追い付かないようで口がパクパクしている。

「ほ、本当に？　冗談で言っているわけではなくて？」

「そんな面白くない冗談は言わない。嘘《うそ》を本気にされても面倒なだけだろ」

「そうだけど……その、あなたが代表者を引き受けてくれるなら、私だけじゃなくクラスにとって大きな力になるわ。本当にいいのね？」

何度も確認を取ってくる堀北だが、その目には輝きが強く宿る。

その輝きを曇らせることになるかも知れないが、大事なことを付け加えることにした。

「本当だ。ただし条件が幾つかある」

条件。当然、堀北としては警戒心が働く言葉だろう。

「……何かしら。難しい条件？」

「どうかな。堀北のプライドが許すかどうかの問題も関係してくる」

「私のプライド？　詳しく聞かせてもらえるかしら」

条件があると言われても、オレが代表者になることは前向きに検討する意思が強いようなので、話を進めることにする。

「各クラスのリーダーはほぼ１００％、自らが大将として試験に臨むはずだ」

「それはそうね。大将が一番ライフが多い。つまりミス出来る回数が多い以上、先鋒《せんぽう》や中堅になるのはそのメリットを捨てることにしかならないもの。まず間違いないわね」

それを理解している状態で、プライドの話に移行する。

「このクラスのリーダーは現状紛《まぎ》れもなくおまえだ堀北。その上で、オレが引き受ける条件の1つとして中堅が堀北、大将がオレという並びにしてもらいたい」

「あなたを大将に……？」

これがどういうことになるか、深く考えるまでもない。

クラスの実質的なリーダーは堀北ではなく綾小路《あやのこうじ》なのか、そう思われてしまう。

「さっきも言ったが他のクラスは、十中八九、いや限りなく100％に近い確率で一之瀬《いちのせ》、龍園《りゅうえん》、坂柳《さかやなぎ》が大将になるはずだ。1つでも多いライフを持って戦いたいだろうからな」

改めて頷《うなず》いて応える堀北。

「つまりオレが大将になれば、自クラス、他クラスの生徒から多少なりとも思うところがある生徒が出てくるだろう。中には堀北がリーダーとして頼りない、そんな風に見てくる生徒だって出てくるかも知れない」

「随分とマイルドに言ってくれるわね。でも、あなたの言う通りでしょうね。今回の特別試験、大将に座るのはクラスで最も実力の高い生徒になるのは必然だもの」

「ああ。だから、おまえがそれを受け入れるかどうかがこの話を受ける前提になる」

もちろん堀北《ほりきた》の意思を尊重する。ここで自身が大将であることを望むなら、むしろリーダーとしての自覚を強く持ち始めたと、喜ぶべきことだ。

「もしも大将の立場だけは譲れない、と言ったら？」

「断るだけだな」

だがもし堀北が前提条件を拒むのなら、当然だがオレは代表者にはならない。

「プライド、そういうことね。正直、私にしてみれば勝てるのなら自分が大将かどうかなんて深く気にしないわ。だけど全く気にならないわけでもない」

「そうだろうな。いや、むしろそうでなきゃ話にならない」

プライドそのものに価値があるわけじゃない。

しかしプライドを持つリーダーであることには価値がある。

「あなたが大将でなければ引き受けない理由を聞かせてはくれるの？　単純にあなたが私より実力が上だから？」

「いいや？　もっと単純な話だ。オレにまで出番を回して欲しくない」

「代表者を引き受けてもいいけれど、出来れば戦いたくないと？」

「そういうことだ」

躊躇《ちゅうちょ》なく答えると、堀北はオレの代表者入りについて意義を探ろうと眉を寄せる。

「それは――私にとってどこまで旨味《うまみ》があると言えるのかしら。あなたを大将にすれば今のところ私は多分中堅になる。あなたに出番を回さないように立ち回るとなれば、相当苦しい戦いをしなきゃならなくなるわ」

「確かに不利を強いられるな。本来許されていたミスの回数が減るのは、大きなハンデになる。それに中堅で勝ち切るということはそれだけ、相手のライフを早く、かつ多く削らなきゃならない」

　ここまでの話を聞けば、堀北が疑問を抱えるのも無理はない。

　オレが大将なら出ると言いつつ、出番を回すなというのは納得のいかない話だ。

　もちろん、堀北が全て勝ち抜けるなら話は早いが、そんな簡単なことでもない。

「ちなみにさっきの口ぶりだと、条件はそれだけじゃないのよね？」

　まだ結論を出せない堀北はその先を確認したいと申し出てきた。

　こちらとしても、急がせるつもりはない。

「大将の件を保留にして話を進めようか。代表を引き受ける代わりに報酬が欲しい」

「プライベートポイント？」

「いや、それは求めない。オレが欲しいのは高円寺《こうえんじ》と同じものだ。これから先、オレはクラスに対して一切の貢献をしない。協力をしない。それを認めてもらいたい」

「――それは――」

　意外……いや、考えたくもなかった話だろうとは思う。

ある程度の見返りは受け入れるつもりだったのだろうが、堀北《ほりきた》の言葉が詰まる。

「随分な無茶《むちゃ》を言ってくれるわね。あなたまで高円寺《こうえんじ》くんのように野放しにしろと？」

怒りではなく、呆《あき》れを前面に出してくる堀北。

「最近は相談に乗ってくれていたり、少しはクラスに貢献してくれるようになってきたのに。ここにきて今後は協力をしないなんて……」

「気に入らないのは分かる。ただ、オレにも思うところがあるからこその提案だ」

「聞かせてくれる？　その思うところというのが何なのか」

「そもそもオレはAクラスに上がることに固執していない。別に今のクラスがCクラスやDクラスで卒業しようと構わないと考えている。そんな人間はAクラスに上がるために必死になって協力する必要性を感じない、というのは分かってもらえるか？」

「……確かにそうね」

「かつ、オレは高円寺ほどプライベートポイントにもこだわりはない。今のクラスポイントでも十分だと思っているし、半分くらいに減っても困ることはない」

手を貸さないことで負けたとしても、許容できる状況であることを伝える。

「これまで、時々手を貸してくれていたのはどうして？」

「クラスが安定してくれればそれに越したことはないからな。堀北もクラスメイトも成長してきた。手放しで任せてもやりくりできるところまでは来たと判断しただけのことだ」

「あなたの発言のどこからどこまでを信じていいかは正直分からないけれど……言いたいことは分かったわ。今回の学年末特別試験で手を貸したら、あとはのんびりと学校生活を送りたいということね？」

「そういうことだ。ただ、大将を引き受けただけで今の条件を要求するつもりはない。オレが大将になる以上、中堅までで勝ち切ってオレに出番を作らせなければ、今言った見返りは一切求めないことを約束する」

「……あくまでもあなたが大将として引きずり出されて、かつあなたがクラスを勝利に導いた場合にのみ、その要求をするってことね？」

「ああ。けど、もしおまえが大将になるであろう一之瀬《いちのせ》を残りライフ1ポイントまで追い詰めていたとしても、そこでオレの出番が来て勝利したならば約束は守ってもらうことにはなる」

漁夫の利、そんな展開も堀北には視野に入れておいてもらわなければならない。

普通なら断られてもおかしくない提案だ。

だからこそ、ここで重要な部分に触れる。

「そして、仮にオレが大将として出ても試験に負けてしまった場合は、以後おまえのクラスメイトであり続ける限り、次回……いや、向こう半年は協力することを約束する」

敗北と引き換えに、この先半年間の手助けを約束する。

これは堀北《ほりきた》にとって悪くない話のはずだ。

「万が一負けたとしても、あなたの協力がしばらく得られる——本当に高円寺《こうえんじ》くんと似通った同じ条件を求めて来るってことね」

「高円寺と比較するならそれ以上だと思ってる。途中で退学か、それ以外の何かで堀北のクラスから抜けることがない限り半年は協力を続けるんだからな」

「半年と言わず卒業するまでとはならないの？」

「それは無理だな」

「まあ……ここで綾小路《あやのこうじ》くんの提案を断ったとしても、あなたが今後も献身的に協力してくれる保証はないのよね？」

「もちろん。Aクラスで卒業できなくてもいい身だからな」

「流石《さすが》は綾小路くんよね。厄介な提案だわ」

少し考えさせてと言い、堀北は腕を組んで目を閉じた。

結論を先延ばしにする時間もないため、ここで検討し結論を出すらしい。

こっちとしては夜まで待っても良かったが、考えを邪魔する気はないので答えを待つ。

堀北が中堅として相手クラスの大将を破れば、これまでと関係は変わらない。

堀北が負けても、オレが勝てば学年末特別試験のクラスポイントは得られる。

ただしそのリスクとしてオレからの協力は得られなくなる。堀北が負けてオレも負けることがあれば、予期せぬトラブルがない限りは半年先まで協力を得られる。

今、堀北にはこの3つの未来が示された。

「半年間の協力欲しさに私と先鋒《せんぽう》の生徒が手を組みわざと負ける。そしてあなたに不利な勝敗を押し付けたらどうする？」

「別に構わない。どんな状況であれオレが負けたなら約束は守る」

「……そう」

それから数十秒ほど思案した後、堀北の組んだ腕が解かれた。

「まあ、実際にわざと負けるというのは論外だけれど。いいわ、決めた」

ここまで話をして、どの未来を目指すかの答えに到達したようだ。

「正直言えば、私は自分が大将を務める覚悟でいた。他に立候補者もいないし、自分がリーダーとして戦うことになるだろうとも考えていたわ」

「そうだろうな」

「けれど、あなたが大将を務めてくれるというのなら――――それ以外は些細《ささい》なことよ。自分のことよりもクラスが勝つことが最優先。勝率の高い戦略を取るわ」

「なら大将を譲る意思はあるってことだな？」

「ええ。私は全力で戦う。安心を得ると同時に緊張感を高められるわ。苦戦を強いられることの避けられない戦いで、大将を捨てて勝つことを考えなければならないんだもの」

堀北《ほりきた》としては負けてもオレが何とかしてくれるという保険、安心感を得る。

しかしその保険を使えば今後は協力を得られない。

それなら、中堅に収まる自分が勝ちに繋《つな》げるのが最も理想とするパターンだ。

「だから正式にあなたの提案を受け入れる。今回の特別試験、大将を任せるわ」

そう言った後、更に言葉を続ける。

「いいのよね？　あなたを戦力として見て」

「もちろん足を引っ張るつもりはない。交渉成立だ」

オレは手を差し出し、堀北と握手を交わす。

何としても自分のところで勝利をもぎ取る。

そんな尻に火が付いたような感覚が、堀北の中で強くなってきていることだろう。

「あぁそうだ。引き受ける上で事前にやっておいてもらわなければならないことがある。オレが大将に座ることを周りがどう思うかわからない。大事な一戦を任せられないと否定的に思うクラスメイトがいてもおかしくないからな。去年のこともある」

「反対する人は多くないでしょうけど、なくはない話ね」

「だから必ずクラス全員の承諾を取って欲しい」

「全員って、高円寺《こうえんじ》くんも含めて？」

そこまでする必要はあるの？　そんな確認が込められていた。

「ああ。高円寺も含めてだ」

「もし彼が反対したら？　気まぐれを起こす可能性は十分にあるわよ」

「不利益がなければ反対するようなタイプじゃないと思うが保証は出来ないしな。もし反対してきたらすぐに教えてくれ。その時はオレが直接動く」

「あなたが？　それならいいけれど……。いいわ。すぐに動くことにする」

「助かる。ただくれぐれも慎重に行動してくれ」

「慎重に、とは？　あ、もちろんあなたが今後クラスに協力しないことを前提とした参加であることは伏せるわよ。それは構わないわよね？」

今後オレが手を抜くための参加、と知れば生徒が良い顔をしないのは当然だ。

条件面に関してはここだけの話にしておくべきことだからな。

「もちろんそれでいい。慎重にと言ったのは、オレが大将を引き受けることを一之瀬《いちのせ》クラスに知られないようにしてもらいたいからだ。僅かでも勝率を上げるためには、相手に対して驚きと動揺を与えることが欠かせないからな。だからクラスの皆にはくれぐれも外部に漏らさないようにと念を押してくれ」

「そんなことをしなくても、他クラスに秘密を漏らすような生徒はいないはずよ」

「だとしてもだ。漏らす気が無くても、それに付随した会話を拾われてしまうリスクはあるからな。忠告には気を引き締めてもらう意味もある」

それもそうねと、堀北《ほりきた》は素直に聞き入れた。

「じゃあ全員から賛成が取れるか、反対意見が出るかしたらあなたに教えるわ。時間がないから今日の夜までには終わらせるつもり」

オレは頷《うなず》き、堀北からの報告を待つことにした。

1

堀北とは午後6時過ぎにカフェで解散し、その後は本屋に立ち寄った。

それから1時間弱店内で時間を潰し、約束を取り付けた男に予定通り会うため、指定のカラオケに向かって歩き出す。

その途中、オレは正面に長谷部波瑠加《はせべはるか》の姿を見つけた。

いつも一緒に行動することの多い三宅《みやけ》の姿はどこにも見当たらない。

偶然遭遇しただけなら、無言で擦れ違うだけなのだが、長谷部の視線は戸惑いを含みながらもオレを見て離れない。

何か言いたいことがある、そんな感情を容易に見て取ることが出来た。

「何か用か？」

距離が詰まったところで声をかけると、大げさなくらいに驚き目を見開いた。

間違いなく話しかけたそうにしていたが、話しかけられるとは思っていなかったのか。

「っと……その……さっき堀北さんと話してるとこ、見かけて……」

後方のカフェを一度見て、そう囁《ささや》くような声で話す長谷部。

「ちょっとだけ話、したくて。……迷惑？」

「別に迷惑じゃない。長谷部の方が問題ないならな」

「……ありがとう」

長谷部と苗字《みようじ》で呼ばれたことに思うこともあるだろうが、距離感はそれくらいがいい。

この期に及んで波瑠加と呼ぶ方が問題があるというものだ。

「ちょっとだけ場所を移動しようか。ここは何かと目立つ」

「そう、だね……」

目立たないようモールの端、壁際へと歩を進める。若干1名、遠目にこっちを見ている生徒もいたが、ここならそう注目も多くはないだろう。

「こうして話すのは文化祭以来だな」

「だね……きよ……綾小路《あやのこうじ》くんは最近何も変わらない？　って、変な質問だよね。私何言ってんだろ」

話すことが何も無いわけじゃなかったと思うが、いざ突然話が始まってまだ頭が混乱しているのかも知れない。上手《うま》く言葉が出てこないようだ。

「特に何も変わりはないな。良くも悪くもいつも通りだ」

「そう。……私は、最近やっと少しずつ笑える機会が増えてきた気がする。それは文化祭を通して愛里《あいり》のことを受け入れられたからなのか、単に時間が経《た》ちすぎたせいなのかは正直分からないけど」

どんなに悲しい出来事があったとしても、傷は少しずつだが癒えていくもの。

時間が経てば経つほど、悲しみは記憶と共に薄らいでいく。

もちろん、頭で考えるほど簡単なことじゃないだろう。

辛《つら》い過去は辛い過去として、深い傷痕は確かに残っているのだから。

「あのさ、この後……その……」

途切れ途切れに言葉を発する長谷部《はせべ》。

オレはそのタイミングで、自身の右手の人差し指を軽く二度三度と曲げる。

「だから……えっと……」

上手《うま》く繋《つな》がらない言葉を必死に紡いでいく。

「ん……この後……さ、みやっちやゆきむーと一緒に――」

やっとの思いで本題を言いかけた長谷部だったが、そんな彼女の下に影が差す。

「こんなところで密会ですか～？　せんぱいっ」

駆けながら、見事なタイミングで姿を見せたのは天沢《あまさわ》だった。

「軽井沢《かるいざわ》先輩って彼女がいるのに、今度はこっちの巨乳を彼女にしようと企《たくら》み中？」

全生徒のＯＡＡなど把握しているはずなのに、とぼけているらしい。

「ただのクラスメイトだ」

一応補足するも、天沢の登場は長谷部にとって歓迎すべき展開ではないだろう。

「ちょっと先輩に話がありましてぇ。お時間よろしいですぅ？」

軽いお伺いレベルでは済まないグイグイとくる態度に、長谷部が距離を取った。

「私行くね……。２人待たせてるから」

その言葉に軽く頷《うなず》き返すと、長谷部は背を向け早歩きでこの場を去って行った。

「あたしお邪魔でしたよね」

「ああ、見事に邪魔だったな」

「ひどっ！　あたしをここに呼んだのは先輩なのにぃ」

ちょっと意地悪をしたが、その通りだ。

話の途中で天沢が姿を見せたのはただの偶然じゃない。

長谷部に声をかけられた時と時間を同じくして、天沢もオレを見つけていた。

だから指先ですぐに合流するように指示を出した。

迷わずこちらの意図に気付き行動したのは、流石《さすが》といったところだ。

「長谷部先輩と話すのが嫌だったんですか？」

「そういうわけじゃない。価値のないことにこれ以上時間を割く気がなかっただけだ」

「冷たいんですねぇ」

どう受け取るのも天沢《あまさわ》の自由だし、長谷部《はせべ》がどう考えるのかも当然自由だ。

「1年生たちは学年末特別試験で忙しそうだな」

「なんか、バタバタと慌ててるみたいですね。あたしは割と静観してますけど」

そう話した後、すぐにこう訂正した。

「あ、今日は別にウザ絡みしたかったわけじゃなくてですね……。この間の合宿で、南雲《なぐも》先輩に突撃したら思わぬ形で返り討ちにされちゃいましたから、その報告です」

何か動きがあったのかどうか多少気にはしていたが、特に1年生から退学者が出た話も無かったのでスルーしていた。南雲には結局接触しなかった、という可能性も残していたがそうではなかったらしい。

だとすればあの合宿の段階では退学する腹積もりでいたということだ。

そして結果、思《おも》い留《とど》まって目の前にいる。

「まだあたしの中で答えは出てないんですけど。でも、南雲先輩への八つ当たりよりも良い未来が待ってると信じてしばらくは学校に通い続けることにしました。暇は持て余してると思うので、面白いことがあったらあたしも交ぜてください」

「だったら、その持て余した時間で1つ頼まれごとを聞いてくれないか」

「え？　それは全然いいですけど——なんですか？」

「七瀬《なな　せ》翼《つばさ》について、より詳しいことが知りたい」

「ええ？　あの子は先輩のナイトですよね？　わざわざ調べなくても十分分かってるんじゃないんです？　脅威ってことですか？」

「脅威とは思っちゃいない。ただ、本当の狙いくらいは知っておきたいからな」

単純な味方、敵、という部分だけで決めつけられる存在では今のところない。

「もちろん先輩がそう言うなら、あたし張り切っちゃいます。もしお望みなら退学させちゃいますけど？」

「そこまで張り切る必要はない。適切に情報を収集してくれれば、それでいい」

「はーい。了解です」

正直なところ、天沢に頼んでまで七瀬の情報を得る必要はない。

随時対応を迫られるとしても、七瀬への対処は難しくないと考えているからだ。

しかし、これが天沢を学校に繋《つな》ぎ止《と》めるための役に立つのなら手段として悪くない。

「この後約束がある、またな。おまえも学年末特別試験、クラスに程々に協力してやれ」

「先輩が言うならそうしまーす」

ビッと大げさに敬礼して、天沢と擦れ違う。

「——ありがと、先輩」

そんな立ち去り際、天沢《あまさわ》はそう呟《つぶや》いて離れて行く。

「流石《さすが》に分かるか」

伊達《だて》にホワイトルームで優秀な成績を収めていたわけじゃないな。

こちらの真意など簡単に見透かしているようだ。

2

学生たちにとって定番、密会をするのに打ってつけの場所、カラオケルーム。

事前のメッセージに沿って番号を辿《たど》り部屋を訪ねる。扉を開けると、無音の室内で足を組んだ1人の生徒が鎮座しており、視線だけを軽くこちらに向けてきた。

「今日は取り巻きが誰もいないんだな」

「ハッ、こいつは意外だな。賑《にぎ》やかしが欲しかったのか?」

「伊吹《いぶき》や石崎《いしざき》でもいれば、この重苦しそうな空気も少しはマシな気がしたんだ」

冗談めかしてそう返すも、龍園《りゅうえん》は鼻で笑うだけだった。

「テメェから誘っといて随分な言いようだな」

「確かに、そうかもな」

「まあいいさ。今回はこっちからも連絡しようと思っていたからな。許してやるよ」

そう言って、微《かす》かに笑う龍園。

「だとしたら同じような話題になりそうだ」

「ならおまえから済ませろ」

先に話すように促され、オレは入口に立ったまま話を始める。

「おまえと坂柳《さかやなぎ》の賭けについて聞かされた」

「ほう？」

特別試験に関することだとは龍園も読んでいただろうが、最初に触れてくるのがこの点だと読んでいたかは半々な反応だった。

「負けた方が退学する賭けらしいな。だとすると、どちらかとはもう会う機会がないかも知れないからな。顔くらい見ておこうと思ったんだ」

「だったら会えなくなる前に坂柳には会ってやれ」

「そのつもりだが、きっと坂柳に会えば似たようなことを言われるんだろうな」

お別れの前に龍園には会っておいた方がいい、と。

両者共に、自分が負けるなどとは一切考えていない。これは事前の予想通りだ。

「遠慮せず座れよ」

お互いに話があるってことで会したわけだが、既に主導権は向こうにあるらしい。

「出来れば遠慮したいところだ。今度はグレープジュースをかけるつもりか？」

目の前に座る龍園《りゅうえん》、その男が右手を伸ばすと届く距離にある怪しげな紫色のグラスに目が行く。普段飲むイメージが無いだけでなく、手をつけた様子もない。

「深読みのしすぎだろ。第一、テメェなら避《よ》けようと思えばいつでも避けれる、だろ？」

「勝手に超能力者みたいな扱いをしないでくれ。避けようのない状況も多々ある」

「例えば？」

「例えば――そうだな」

龍園に座るように促された場所は出入口の近く。

「店員が何か物を持ってきたタイミングでかけられでもしたら、逃げ道は片方しかない。となると避けきることは無理だ」

かける龍園も今度は当ててやろうと広い範囲を狙ってくる。

「随分な疑いようだぜ」

「と言いつつ、どこか面白くなさそうだけどな」

まあ、ここは龍園に従って座ることにしようか。

非常にシュールだが、男2人が広いカラオケルーム内で向かい合う。

「随分と思い切った賭けをやったな。もし次の特別試験が学力中心の勝負だったら、ほぼ100%おまえの負けは確定したようなものだった。リスクを取って裏工作をするにしても、お人好《ひとよ》しの一之瀬《いちのせ》と違って坂柳《さかやなぎ》は徹底してそれを防いだだろうしな」

「年に1度の大勝負だ。頭が使えない連中にも勝機のある勝負くらいにはするだろ。エンタメ性の欠片《かけら》もない学校なら、むしろこっちから願い下げだったところさ」

笑いながらそう答えた龍園だが、その様子からしても一《いち》か八《ばち》かとは考えていなかったようだ。卒業した堀北学《ほりきたまなぶ》の世代、南雲《なぐも》の世代、そして自分たち。過去の学年末特別試験の傾向を見れば、求められる能力が学力だけじゃないことは調べがつく。

自分たちのクラスでも十分に勝ち目のある内容が選ばれると確信していたんだろう。

「特別試験に向けて準備は出来てるのか？　去年の一之瀬クラスに仕掛けたような間抜けな裏工作をしようとしてないか、確認くらいはしておこうと思ってる」

学年末特別試験では、当日の欠席者数によってはペナルティを受ける。だとすれば、事前に相手を弱らせる方法を1つの手段として用いる可能性は0じゃないからな。

「あの時おまえが俺に言ったセリフは覚えてるだろうな。『もっと上手《うま》く成長しろ』。そんなことを抜かしただろ？」

「事実だったからな。そんなことも言いたくなる」

遠慮のないこちらの物言いに鼻で笑いつつ、ひと際龍園の視線が鋭くなる。

「俺の本気って奴《やつ》を坂柳と、そしておまえに見せてやるよ。俺には似合わないが正々堂々とねじ伏せてやる」

「宣言とは立派なことだ。もしそれがブラフなら、言う相手を間違えてるぞ。公平性を期すとしても、オレはおまえの発言を全く信用しない。それを坂柳《さかやなぎ》に伝えることもない」

相手の油断を誘うための布石には一切ならないと言い切る。

「だろうな。だからこそ意味があるんだろ」

「なるほど。裏を返せば、本当に正々堂々と戦うことへの信憑性《しんぴょうせい》にも繋《つな》がるか」

物事が見る角度によって変わる、良い例の1つとして言えそうだ。

「別にこのことを他の誰かに言う必要もない。ただおまえが知ってりゃそれでいい」

「そういうことなら理解した」

龍園《りゅうえん》が裏工作を行うかどうかはもちろん自由だが、この発言によって、オレから今後どう見られるか、どう評価されるかが決まるだろうからな。

「プレッシャーや不安はなさそうだな」

あるわけない、そう手を軽く振ってジェスチャーで応える龍園。

「なら見せてもらうとするさ。おまえが真っ向から坂柳とぶつかってどうなるか」

オレは席を立ち龍園に背を向ける。

「綾小路《あやのこうじ》、テメェは代表者で試験に出ないのか？」

「そんなことが気になるのか？　今回オレがどう動こうと関係ないだろ」

「たかが一之瀬《いちのせ》相手に、普通なら出張る必要なんざないだろうさ。だが、あの女は今獣の臭いが濃くなってやがるからなぁ。堀北《ほりきた》じゃ骨ごと食い千切られるかも知れないぜ」

どこかでそう感じる出来事でもあったのか、冗談ではなさそうだった。

「だとしても、今のところクラスの方針じゃオレの出番はないな」

そう伝えると、龍園はつまらなそうに鼻を軽く鳴らす。

「まあいい。おまえらのクラスが負けてくれた方がこっちにも好都合だしな」

幸いジュースをかけられるような展開にはならないようで、ホッとした。

3

龍園とのカラオケルームを後にしたオレは、店の外で一息つく。

随分と遅くなったが、そろそろ帰ろうか。

そう思いつつ、オレは1か所だけ寄り道していくことにした。

この時間に会える確率は高くなさそうだが、各クラスのリーダー以外にも会っておきたい人物は何人かいる。そのうちの1人が、よく姿を見せる場所に足を向けた。2階にある休憩スペースにまでやって来る。期待を裏切らないというか何と言うか、そこに目的の人物の姿を見つけた。オレは何台か並ぶ自販機のうちの1台の前に立ち商品を選ぶ素振りを見せながら、並んだ見本のペットボトルや缶に目を向けた。

「あれから坂柳とはどうなんだ？」

独り言のように呟《つぶや》いた言葉に、少しの間を置いて返事が戻ってくる。

「……はい。以前より、話をする機会が増えました」

「それは良かった。関係は改善してもここが好きなんだな」

「落ち着きます、から。それにやっぱり、人と接するのは苦手です」

自販機の隙間から返ってくる言葉を聞きつつ、オレはそのままの立ち位置で続ける。

「1人の時間も大切だしな。よく分かる」

大勢に囲まれてばかりでは息が詰まるというもの。

「偶然ですか……？　ここに来たのは」

「山村《やまむら》がいればいいなと思って立ち寄った。実は1つ教えて欲しいことがある」

「教えて欲しいこと……ですか」

オレは念のため、周囲に人がいないことをしっかりと再確認した上で、教えてもらいたいものが何であるかを口にする。

言い終えた後、僅かな間山村はその意味を噛《か》みしめるかのように沈黙した。

「どうして……私に聞いてきたん、ですか……？」

「この辺の事情は山村が一番詳しいと思ったからだ。オレの読みは間違ってるか？」

「……いえ……どうでしょうか」

オレの求めている答えを知らなければ、普通に知らないと言えばいい。

ところが山村ははぐらかすかのように、明言を避けた。

それはつまり、何らかの答えを持っているということだ。

「既に何人かに目星は付けてる。だが絞り込むための材料が欲しい」

「それは──坂柳《さかやなぎ》さんにとって良いことになりますか？　それとも──」

「どうかな。『今回の件』に関して言えば今のところ坂柳には関係がない。ただAクラスに迷惑をかけるようなことはしないつもりだ。あくまでも外野の問題だと捉えてほしい」

しばらく沈黙した後、ゆっくりと山村が自販機の陰から出てくる。

「お役に立てるかどうかは分かりませんが、質問の助けになるかも知れない情報は、少しですが持っています」

情報を渡さない可能性もあったが、山村は携帯電話を取り出す。

そして画面をこちらに向けると動画を再生し始めた。

ただ、撮っている対象たちとは距離が空いていて、音声までは拾えない。

「私が探っていた中で今の綾小路《あやのこうじ》くんの話に合致したのは、この人だけです。この動画内での会話の内容は遠かったので分かりませんが……どうでしょうか。全く関係なかったらごめんなさい」

日付は12月26日の午後7時。場所はケヤキモールだ。

動画に映っている2人の人物は近しい距離でやり取りをしている。

「……役立ちませんか？」

「いや十分に役立った。流石《さすが》だな山村《やまむら》」

「いえ、別に大したことでは……私はただこの場にいただけなので……」

謙遜しているが、動画を撮られている人間も周囲をかなり警戒している。

その中でここまでの映像を撮影出来ている時点で相当なものだ。

オレが知らない様々な事情を把握していても驚かない。

とは言えこの動画だけで全てが判明したとは言えないだろう。

もう1つくらいは、断定に至るための材料が欲しいところだ。

「その情報はありがたく活用させてもらう。もちろん山村のことは口外しない」

「お役に立てると、いいですが」

有益な情報を与えた側なのに、どこか申し訳なさそうに頭を下げた。

そんな山村と別れた後、オレは早速情報を頼りに連絡を取る生徒を誰にするか決め、恵《けい》から情報を貰《もら》いつつその人物と接触することを決める。

4

ケヤキモール内のある場所でクラスメイトの到着を待つ。

連絡を取ってもらってから15分程して、角からひょっこりと姿を見せた。

「お待たせ綾小路《あやのこうじ》くん。軽井沢《かるいざわ》さんから連絡を貰ったんだけど……私に話って？」

珍しい展開に少し戸惑いつつ、松下《まつした》が声をかけてきた。

「悪いな、友達の方は大丈夫だったか？」

「うん。30分くらい抜けるって言ってきた。それくらいでいいんだよね？」

「十分だ」

「それで――――話の内容って？」

わざわざ2人きりになって話をしたいと言われれば警戒するのが普通の反応だ。

松下は表情こそいつもと変わらないが、内心は落ち着いていないだろう。

「どうしてここで待ち合わせをしたか分かるか？」

「どういう意味？　私がケヤキモールにいたからって理由以外にあるってこと？」

確かに、松下がケヤキモールにいることは恵から聞いてすぐに分かった。

だからオレが同じモール内で待っていた、と思うのは普通のこと。

「去年、オレの後をつけてただろ。ここで足を止めて話をしたはずだ」

「あ～……そう言えばここだったかも。うん、ここだね」

改めて周囲、そして柱を見て自分が隠れていた位置を思い出したらしい。

理事長代理との件やフラッシュ暗算の実力など問いただされたものだ。

「あの時オレに言ったよな。本当の実力が知りたいって」

「だね。何だかんだはぐらかされた気もするけど」

「あれから1年近く経《た》って、その答えは見つけられたか?」

「どうだろう。1年生の頃よりは色々と動くようになってくれたよね。でも……やっぱり本気は出してないんじゃないかなって気はしてる」

「そうか」

単なる上辺だけの評価とは違い、少なからず松下《まつした》は他のクラスメイトよりも個々の能力を見抜く目を持っている。

「もし松下が協力をしてくれるなら、もう少しオレの実力を見せてやれるかも知れない」

「……どういうこと?」

ここでオレは、松下の興味を一気に引きつつ山村《やまむら》から得た情報を基に話を進める。

こちらの話を聞き終えた松下は驚きを隠せないようだった。

「確かにそんなこともあったけど……今更だね。誰から聞かされたの?」

単なる思い出話かも知れないのに、そうではないと松下の表情が物語っている。

「もう3ヵ月近くも前の話なのに、何か引っかかることがあったのか?」

「……まあ……そうだね」

認めつつも、松下はオレがどこで情報を仕入れたのかが気になって仕方ないようだ。

「悪いが情報源は明かせない。ただクラスメイトじゃないことだけは伝えておく」

無意味にクラスメイトを疑うのは、今後のためにも得はないので一部だけ明かす。

「それで、そのことの何を知りたいのかな。詳細を覚えてるといいけど」

「別に話の内容をおさらいする必要はない。こっちで把握してるからな」

全員の名前を伝えると、変わらぬ態度を心がけていた松下も流石《さすが》に言葉を詰まらせる。

「え、と……うん。確かにそれで全員。でもじゃあ私に聞きたいことって何なの？」

「松下なら、その話し合いで何か引っかかったんじゃないかと思ったんだ」

オレが松下を呼び出した理由は2つ。1つは、山村からの情報が正確だったかの最終確認。これはクラスメイトの名前が一致したことで、問題ないと判断できた。そしてもう1つは松下を評価に値する生徒だと見ていいかどうか。そのテストも兼ねている。

呼び出された理由を、自分の中で整理し松下は息を吐きつつ呟《つぶや》く。

「試されてるみたい」

「どうかな」

硬かった表情を崩して、松下は微笑《ほほえ》む。

「試されてると思って本気で答えるね。あの時のことはよく覚えてる。確かに引っかかることはあったよ。話し合いの題材も、メンバーも、違和感だらけだったから」

そして記憶を掘り起こしながら、当時のことを自分から語りだした。

途中まで話を聞き、整合性が確実となったところでオレは話を中断させる。

「もう十分だ」

「……実力を見せてくれるって言ったけど、どうするつもりなの？」

「もし次の特別試験で出番がくれば、望まれる通りの結果を示すつもりだ」

「そっか。綾小路《あやのこうじ》くんのお墨付きを貰えたのなら今回の特別試験は安心出来るね」

「ただこの先はオレだけじゃダメだけどな。クラス全体が成長しなければならない」

「分かってる。だけど、もし私たちのクラスが1つにまとまる日が来たら、それって多分どこにも負けないよね」

今日の出来事もしっかりと踏まえつつ、松下《まつした》はそう笑顔で言った。

「とりあえず、今日の接触は無かったことにしておくね。またいつでも連絡して」

小さなことだが、そういう配慮が自分から出来るのも重要な要素だ。

5

その日の夜、午後10時過ぎ。部屋を軽くノックする音が聞こえてきた。

扉を開けると、周囲を気にする様子を見せたのですぐに中に招き入れる。

2年Aクラスの橋本《はしもと》だ。ラフな私服姿に着替えていた。

「誰にも見られていないか？」

「様子を窺《うかが》ってたから時間を食った。念のため移動もちゃんと階段を使ったぜ」

「それならいい。このタイミングでオレと会ってることは誰も歓迎しないだろうからな」

「用件があるなら電話で良かったんじゃねえの？　もしくは場所を考えるとかさ」

橋本はそう言いつつ、どことなくこちらを探るような視線を向ける。

常に人を疑っている人間の、無自覚な行動だろう。

「電話じゃ出来ない話もある。それに外で会うのもそれなりにリスクだ」

「まあいいけどさ。で？　俺に会っての話ってなんだよ」

立ち話をさせるつもりはないので、部屋にあげて適当に座らせる。

「学年末特別試験も決まったし、話をしておこうと思ったんだ。次の特別試験でおまえがどの立ち位置なのか改めて聞いておきたい」

「学校はルールを開示してないんだぜ？　立ち回り方なんて分からないって」

「立ち回りじゃない、立ち位置だ。龍園《りゅうえん》サイドの味方をする、前はそう言ってたな」

ついこの間、この部屋で橋本が語った時のことを思い返しながら問いかける。

「変わってないさ。俺が生き残るには龍園を勝たせる以外にないからな。ただ良い流れとは言えない状況さ。試験が告知されたら龍園をアシストするつもりが、まさかルールすら開示されないってのは思ってもみなかったぜ」

確かに試験のルール次第では、事前準備の段階から手を貸せた可能性はある。

「クラスを裏切るのなら、むしろ好都合だと思った方がいい」

「え？」

橋本《はしもと》は嘆いているが、それは裏切ることがバレていない前提の時の話だ。

「内容が開示されていれば、逆に坂柳《さかやなぎ》はそれを利用しておまえや龍園《りゅうえん》を罠《わな》にかける戦略を考えたはずだ。ところが中身が分からない以上、事前対策が打てない。精々代表者には選ばないことくらいしか出来ない。本番でどう立ち回られるか、予測がつけられない」

坂柳にとって、今回の特別試験の進行はむしろマイナスからのスタートだ。

「なるほどな。そういう考え方もあるわけか」

興味深げに頷《うなず》いてはいるものの、それを当てにする気は全くなさそうだ。

むしろ本題は別にあるだろと言わんばかりに落ち着きがない。

「そろそろおまえの答えを聞かせてくれよ綾小路《あやのこうじ》。ずっと待ってるんだぜ？」

「オレが龍園のクラスに移籍する気があるのかどうか、だったな」

「そうだよ。俺は大きなリスクを取って坂柳を裏切ることを決めたんだ。おまえがどのクラスに身を置き続けるかで俺の行く末も決まるからな」

いつものように、真実と嘘《うそ》を織り交ぜながら橋本がそう聞いてきた。

学年末特別試験で龍園が勝てば、まず橋本の計画は軌道に乗る。

その上でオレが移籍を決断すれば、目的の達成となる。

「もしオレが行かないと言ったらどうする」

「そりゃ困るさ。Ａクラスで卒業できる可能性が下がるのは避けられない」

「あえて聞かなかったがプライベートポイントはどうする。龍園のクラスも資金が潤沢なわけじゃない。オレと橋本２人を受け入れるには相当の金がかかるだろ」

当たり前の質問をぶつけると、橋本はうっすらと笑う。

「それがそうでもないのさ。龍園の奴《やつ》、1年や3年と取引して、結構なプライベートポイントを掻《か》き集《あつ》めてるらしい」

「取引？」

「詳細は分からないけどな。他の学年から集めてるなら２人分の移籍金も非現実じゃないだろ？」

それが本当なら、確かに現実味を帯びてくるかも知れない。

だがどこまで信じていいかは、懐疑的なものだ。

「ま、もし少し足りなくても心配ないだろ。この間の南雲《なぐも》から貰《もら》ったプライベートポイントも想像以上に多かったからな。ありゃ助かったぜ」

合宿でオレと賭けをした南雲が約束した報酬。それにより３００万ポイントを得た。想像よりも遥《はる》かに多いプライベートポイントを譲ってきたのには、正直驚いた。

主導となって動いた橋本《はしもと》には希望してきた2割の60万ポイントを渡し、残り240万ポイントを残る15人で16万ポイントずつ分け合った。

移籍の2000万に対して補填《ほてん》できるのはたかだか3%、されど3%か。

「おまえが立役者なんだから、100万、150万くらい貰《もら》っておけば良かったのに。俺なら遠慮なくそれくらいはさせてもらったけどな。同じ取り分で納得するのは聖人すぎだぜ」

呆《あき》れつつ、合宿の時のことを思い返す橋本。

確かにプライベートポイントは学校において万能に近い役割を持つ。

それでもオレが、そこだけに固執することはない。

「ま、簡単に金で転ばないところは長所でもあるけどな」

何も答えないでいると、橋本はひとりごちる。

「週末は大人しくしておくつもりなんだが、試験に向けて何かアドバイスはあるか？」

今の橋本に言ってやれることはそう多くない。

むしろ何も言う必要がないとさえ感じている。

ただ……。

「アドバイスどころか無言かよ……なあ」

オレ主導で坂柳《さかやなぎ》と龍園《りゅうえん》の対決を邪魔する気は一切ない。

だから放置して見守ることに徹する、は正解だ。

しかし臨機応変に対処できるだけの準備をしておくことは悪いことじゃない。

「少し考えていた」

「なるほど？　じゃあ、アドバイスが思いついたってことでいいのか？」

あまり期待はしていないようだったが、こちらの意見を求めてくる。

「橋本。おまえがこのままの状態、つまり新たな戦略を持たず特別試験に挑めば袋小路に陥ることになるかも知れない」

「おいおい、俺はアドバイスをくれって言ったんだぜ？　怖いこと言うなよ。ピンチにゃなるかも知れないが俺は上手《うま》く立ち回るぜ」

「いつものように嘘《うそ》を織り交ぜてか？」

「嘘ってのは強力な武器なんだぜ」

それは知っている。暴力すら上回る強さを、時に持つのが嘘の力だ。

随分と前に、堀北《ほりきた》にそう語ったこともある。

「確かに嘘は強い。嘘で人を破滅させることも簡単に出来うる。だが、世の中にはそれが通用しない相手がいることもまた事実だ」

「……今度の相手には通用しないと？」

「しないな」

坂柳は嘘への警戒心が非常に高く、鋭い感性を持っている。

いくら橋本《はしもと》が言葉を巧みに操ったとしても、嘘《うそ》を前提に戦いを組み立てる。

と言っても、裏切った橋本の信頼は地の底。現状は聞く耳すら持っていないだろうが。

「まあ、それでもやるしかないだろ。俺はずっとそうやって戦ってきたんだからな」

唯一人に自慢できる武器とでも言うようにそう答える橋本。

いや、それ以外に戦い方を知らないだけか。

「考えておいてくれよ？　俺と一緒に龍園《りゅうえん》のクラスに移籍する件」

「おまえが龍園の味方をする、そのことに心変わりはないんだな？」

「ないぜ」

「なら、もし龍園が窮地に立ったらどうする。おまえが味方をしてもしなくても、勝てないことが確定したら？　その時は坂柳《さかやなぎ》に寝返り直すのか？」

「それは――――」

「戦況に応じて立場を変えれば、周りから見えるおまえの姿は醜悪でしかない」

「……だったらどうしろってんだよ。龍園の味方はするさ。するが……考えたくはないがピンチになったら仕方ないだろ。坂柳に土下座でも何でもして、許してもらうしかない」

腹を括《くく》りつつも、最後の最後には逃げ道を模索。

これまで分析してきた橋本正義《まさよし》そのままだな。

「ならせめて、自分に嘘はつくな。おまえに出来るのはそれくらいだ」

オレは扉が閉じ消えていく橋本の背中を、玄関で見送る。

特別試験の内容次第だが、下手すると橋本を見る最後の機会になるのかも知れないな。

そう思いながらオレは、寝る準備を進めることにした。

6

日曜日の朝。

約束した時間の10分前に目的地に着くと、既に待ち人はベンチに座っていた。

「おはよう」

声をかけると、綺麗《きれい》な横顔がこちらを向いて微笑《ほほえ》みを向けてくる。

「おはよう綾小路《あやのこうじ》くん。良かったの？　こんなところに私を呼び出して」

「というと？」

「往来だから。軽井沢《かるいざわ》さんとか、その辺の人たちに見られると勘違いされない？」

「心配ない。今日のことは恵《けい》にも話してる。不用意な秘密、下手な嘘は関係を続けていく上で足枷《あしかせ》にしかならないからな」

そう答えると、確かに嘘は良くないかも、と控えめに肯定する。

「綾小路くんは——特別試験はどうするつもりなの？」

恐らく一之瀬《いちのせ》の求めている部分は、オレがどちらの立場で試験に臨むかだろう。

「代表者として特別試験に出る予定は今のところない」

だからオレはそう答えることにした。嘘《うそ》は関係の足枷《あしかせ》、そんな言葉を伝えた後の嘘だ。

ただ、堀北《ほりきた》に伝えた一之瀬クラスを欺くために必要とした嘘、では残念ながらない。

何故《なぜ》なら、堀北に伝えた作戦そのものが嘘、どうでもいいことだからである。

「そうなんだ。じゃあ私たちにとっては朗報ってことかな」

こちらの言葉を素直に受け止めた一之瀬は、若干安堵《あんど》した様子を見せる。

その態度に不審な点は見られない。

ほぼ確実に、現時点ではオレが代表者として出ることを知らないと見ていいだろう。

「今のところ、だからな。もしかしたら堀北から要請があるかもしれない。そうなった時はお手柔らかに頼む」

「それはこっちのセリフだよ。綾小路《あやのこうじ》くんとは出来れば戦いたくないから」

そう答えた後、一之瀬は前言を訂正する。

「戦いたくはないけど、仕方ないよね。クラスが対決することは避けられないから」

一之瀬はその後、すぐこう返してきた。

「これ以上学年末特別試験、の話はしない方がいいよね」

変に腹の探り合いをするような真似《まね》をしたくない、そんな意思の表れを汲《く》み取《と》る。

「お互い、直接対決をする身だからな。良いことも悪いことも、深くは触れない方がいいだろうな」

「うん、そうだね」

「今日ここに一之瀬を呼び出したのは、もうすぐ約束の時が近づいてる、そのことだ。覚えてるか？」

「忘れるわけないよ。去年、綾小路くんの部屋で話したこと、だよね」

オレが頷《うなず》くと、一之瀬もそれに合わせて頷く。

『1年後の今日こんな風に会いたい』

『オレと一之瀬の2人きりで』

『これからの一年間を迷わずに突き進んで、そしてオレと会う。約束してくれるか？』

去年、どれもオレが一之瀬に伝えた言葉だ。

「お互いに特別試験で退学せずに済んだら、その時は時間を作ってくれ」

どんな言葉を聞かされるのか。

一之瀬も分かってはいないだろう。

期待と不安が入り混じる中、ハッキリと彼女は答える。

「必ず」

オレは頷《うなず》き、ベンチから腰を浮かせ立ち上がった。

話した時間は非常に短いが、明日のことも踏まえればこれくらいでいいだろう。

「これからジムに顔を出していくが、一之瀬《いちのせ》はどうする？」

「今日は、この後クラスメイトと会う予定があるから、また今度にするね」

流石《さすが》に学年末特別試験が目前とあって、ジムで汗を流している場合じゃないか。

事前に言っていたように友達と会うらしい。

ベンチに座ったままの一之瀬に見送られ、一足先にケヤキモールへと向かうことに。

これで3人。あとは坂柳《さかやなぎ》と話をすれば、こちらのやるべきことは全て完了する。

7

一之瀬と別れた後、1時間ほど汗を流してからジムを後にすると、1人の生徒が入口の近くに立っていた。単なる偶然の遭遇ではないだろう。

「こんなところで珍しいな、神崎《かんざき》」

「……ああ」

短く答えた神崎は、オレとジムを目線で軽く往復させる。

「ジムに入会したいなら紹介するぞ」

「いや、そうじゃない。おまえがジムに行ったことを聞いて待っていたんだ」

だとすると、その情報源は一之瀬からと見てよさそうだ。

「携帯じゃなく直接話すような内容なのか？」

「話って程じゃない。ただ小耳に挟んだんだが、代表者として出る予定は今のところないとか。それが本当なのかどうか確かめておきたくてな」

「堀北《ほりきた》の方針次第だが、今のところ予定はないな」

なぞるようにそう答えたが、神崎の表情は少し険しい。

「――本当か？」

「そう答えたつもりだが、信じられないみたいだな」

「もちろんお互いに直接対決する身だ。ここでのやり取りで全て真実を話す必要はないし、おまえが出る出ないを決めるのは俺たちじゃない。ただ……一之瀬はおまえの発言を信じたがる。いや、信じていると言ってもいいだろう」

遠慮がちな発言とも取れるが、所々に強気な部分も見て取れる。

情報の出どころはやっぱり一之瀬のようだ。そのことは気にせず聞き流す。

「俺もおまえの言ったことを信じたいが――」

繰り返し、信憑性《しんぴょうせい》を確かめようとしてくる。

ここでの言質の意味など無いと自分で答えているのに、執拗《しつよう》に。

「もしかして、オレの発言が信じられない理由があるんじゃないのか？　代表者入りするかも知れないと、何か根拠を持って問い詰めてきているように見えるんだが」

「……いや」

そう否定しかけた神崎《かんざき》だったが、思《おも》い留《とど》まりこう言い直す。

「ただの風の噂《うわさ》だ。おまえが早い段階で代表者になることを承諾したんじゃないかと。しかも先鋒《せんぽう》や中堅ではなく大将を譲り受けて試験に出る。そんな噂だ」

これが単なる代表者への選出だけなら、噂話として聞き流すことも出来る。

ところが神崎は『大将』という重要なキーワードを含めて伝えてきた。

仮にも堀北《ほりきた》がクラスのリーダーとして広く認知されている中で、大将を譲った、というからには風の噂では済まない部分があると思われる。

神崎がバツの悪そうな顔をしているところからも、当初はオレにここまで突っ込んだことを言う気はなかったのだろう。

だがオレがすぐ代表者を否定してきたことで、より事実を知りたい欲求が強まったか。

内密にするようにと念を押した情報。それが簡単に漏れてしまっているらしい。

「随分と具体的な風の噂だな。だが噂は噂、今のところそういった話はない」

そう確信した上で、オレは否定を続けた。ここでの否定が嘘《うそ》だとしても戦略を立てる上で許される嘘だと神崎も理解するしかないからな。

「……分かった。おまえがそう言うなら、きっと単なる噂なんだろう。だが、もし堀北から代表者として出るように要請されても……出来ることなら断ってくれないか」

「随分と思い切った交渉だな」

「おまえの実力の程はよく分かっている。出てくれれば俺たちのクラスが苦戦することは避けられない。何より一之瀬《いちのせ》も、おまえと戦うとなると本来の力を発揮できない、そんな恐れがある」

だからオレには代表者として出てきてほしくない、と。

この点に関しては素直に本音を話していると見てよさそうだ。

「言いたいことは分かったが、簡単に受け入れられる話じゃない。堀北からそんな要請があればこちらも検討するのは、クラスメイトとして当然のことだ」

真っすぐにした神崎の腕に力が込められているのが分かる。

「すまない、受け入れてもらえるはずもない話をした。忘れてくれ」

「いいさ。それだけ今度の学年末特別試験に賭ける思いが強いってことだろうしな」

ここまでオレが露骨に表舞台に立つことを臭わせてきた回数はそう多くない。

警戒する気持ちは、十分に理解できる。

「今日綾小路《あやのこうじ》に会いに来たのは、それを伝えるためだけだ。根掘り葉掘り聞き出そうとして済まなかった。おまえには色々と感謝している」

「気にしないでいい。お互いにAクラスを目指す中で最善を尽くそうとするのは当たり前のことだからな」

やり方や方向性が正しいかどうかは別として、神崎《かんざき》は神崎なりに考えクラスのために活路を見出《みいだ》そうとしている。それを否定する気など毛頭ないし、むしろ観察対象としては面白い。一之瀬《いちのせ》に化学変化が起きていなければもう少し手を加えたいところだったが、学年末特別試験でどのような結果を出すのかを見てからでも遅くない。

気落ちを隠しながら去って行く神崎を見送ってから、オレも寮に戻ることを決める。

8

日曜日も間もなく終わる、夜中の午後10時前。予定が埋まっていたという坂柳《さかやなぎ》に配慮をした結果、1人だけ少し特殊な形でここからやり取りすることが決まっていた。

オレの携帯にかかってきた坂柳からの連絡。

テレビを消して通話ボタンを押す。

『遅くなってしまい申し訳ありません。今からで大丈夫でしょうか？』

「ああ、大丈夫だ」

『私に話があるとのことでしたが――』

用件に当たりはついていそうなものだが、素知らぬ様子でそう聞いてくる。

「端的に。龍園《りゅうえん》から退学を賭けた勝負を申し込まれて受けたそうだな」

『そのことでしたか。綾小路《あやのこうじ》くんのお耳に入るのは時間の問題だと思っていましたが、誰からそのお話を？　いえ、それを聞くのは野暮《やぼ》というものでしょうか』

そう言って情報源を追求する素振りだけ見せすぐに引っ込めた。

「Aクラスの立場とプロテクトポイントの有無からすれば、破格の条件だな」

『条件だけを見ればそうかも知れません。しかし私が彼に負けることはありませんし、龍園くんは自らの首を絞める行為を行っているに過ぎません』

どんなに不釣り合いな条件であっても、負けなければ問題ないというスタンス。

立場は違えどやはり龍園と同じというわけだ。

『私を心配してくださった電話、というわけではないのでしょう？』

「心配は必要か？」

『まさか。ただ戦いの結末を見て頂ければそれで十分かと』

電話の向こうで坂柳が小さく笑う。

直後小さなあくびが少しだけ聞こえてきた。

「もう寝る時間だったか」

『今日は朝早くから活動していましたので』

「電話、切った方がいいか?」

『そんな寂しいことを仰《おっしゃ》らないでください。眠気を見越して万全の態勢を敷いています』

「万全の態勢?」

『お風呂に入り、歯磨きをして、パジャマにも着替えて。私自身はもう横になっているので通話が終わればすぐに眠れます』

どうやら携帯の向こう側で坂柳《さかやなぎ》はベッドインを済ませているらしい。

「確かに万全のようだ」

『はい。ですので長話も歓迎ですよ』

オレの言葉を子守歌の代わりにするかのような、そんな様子だ。

『龍園《りゅうえん》くんや一之瀬《いちのせ》さんともお会いになったようですね』

「山村《やまむら》が後をつけてた覚えは無かったが……流石《さすが》だな」

『如何《いか》に綾小路《あやのこうじ》くんと言えど、他学年や大人も含めた多くの人間の視線から完璧に逃れることは難しいですから』

生徒だけに留《とど》まらず、一部大人とも繋《つな》がりを持っていると口にする。

もちろん全てが真実とは限らないので話半分には聞いておくが、それでも確かな情報を得ているのだから大したものだ。

『ところで綾小路くんは今回の特別試験、代表者として参加するのですか？』

「それはオレの口からは答えられないな。お得意の情報源から報告は？」

『直接対決がない綾小路くんと一之瀬さんのクラスには、今回目を向けていませんので』

興味はあるが注視まではしていない、そんなところか。

だがもし知っていれば、坂柳にわざわざ隠す必要のある情報ではないはず。

思った通り、一之瀬サイドにだけ漏らして坂柳サイドには漏らしていないらしい。

「しかし龍園は臨戦態勢って感じだったが、おまえはいつも通りのようだな」

平常心でいる、それを褒めたつもりだったが坂柳からの返答は意外なものだった。

『どうでしょうね。いつも通りかどうか』

「違ったと？」

『この2日間、私は新しい試みをしてみることにしました。その新しい試みとは、クラスメイトの方々と個別に会って話す場を設けたこと。今までの私であれば、きっと取らなかった行動だと思います』

基本的に坂柳は神室《かむろ》や橋本《はしもと》、鬼頭《きとう》といった側近的な人物だけを傍《そば》に置くイメージだ。

人を根本から信用していない坂柳らしいスタイルだったと言える。

これは龍園にも似た傾向があるだろう。

「どうしてクラスの連中と話をしようと？　具体的なものも明かされていないし、学年末特別試験の対策を大勢で話し合ったわけでもないんだろ?」

『ええ、試験とは無関係です。だからこそ……そう、それが問題と言えるでしょう』

自分が取った行動の理由を、頭の中で整理して言葉に変換する。

『もっと真澄《ますみ》さんのことを知っておけばよかった。山村《やまむら》さんのことをもっと知りたいと思った。そんな不必要なはずの感情が、私を駆り立てさせたのではないでしょうか』

後悔先に立たず。

既に退学してしまった神室《かむろ》には、話をしようと思っても話が出来ない。

同じクラスの山村とは利害関係の一致のみの関係だったが、そうじゃない友人としての一歩を歩み始めたからこそ、今度は悔いの無いように関係性を深めようとしている。

他のクラスメイトだっていつどんな形で関係性が変わってしまうか、消えてしまうかは分からない。そんな風に考えたからこそ、今いる仲間のことを知りたくなった。

といったところだろうか。坂柳《さかやなぎ》自身が戸惑うほどの変化だ。

『正直、この感情が効率的だとは思いません。非生産的な行動を取っているとさえ言えるはず。なのに私はそれをしなければならないと判断した。らしくないでしょう?』

「ああ。実にらしくはないな」

表情は柔らかくとも、脳の指令を信じ非情でも機械的な判断を下してきた坂柳。

それが神室と山村、先の一件で大きな影響を受け、変わり始めた。

『原因はあなたですよ綾小路《あやのこうじ》くん。あなたが私を変えてしまったんです』

「全部じゃないと思うが、その一端があることは認める」

『……どうして私と山村さんとの仲を取り持とうとしたんです？』

それさえなければ、まだ自分は自分でいられた。そんな風に聞こえる。

「オレのせいで山村には思わぬ割を食わせた。だからその埋め合わせを分かりやすい形で返しただけだ。これ以上の説明を求められても答えられない」

坂柳の懐刀として密偵をしていた山村。存在感の薄さを武器にした立ち回り。

それを阻害してしまった責任を取るのは当然のことだ。

だが、ここでベラベラと坂柳に詳細を語るのはナンセンスというもの。

『なるほど。少しばかり綾小路くんの単なる善意ではないかとも思いましたが、違ったようですね。しっかりと理由がありましたか』

「いや、いっそここは善意と受け取ってくれた方がありがたいかもな。前言撤回してもいいか？」

『フフ。それは無理です』

笑った坂柳の声は、だんだんと眠そうになってきている。

ここまで、坂柳はいつもと変わらない落ち着いた様子を電話越しに見せてきた。

このまま通話を切ってもいいのだが……。

『余計なことをしてくれましたね』

「おまえは自分の変化を毛嫌いしてるが、悪いことばかりじゃないはずだ。本当に余計なことだったなら、その新しい感情を無理やりにでも抑えつけるくらい出来るだろ」

『そう……ですけど……。――――そうかも知れませんね』

坂柳《さかやなぎ》は他人を信用せず利用し続ける。

ある種オレと似た思考一辺倒だったが、変わることを受け入れ始めている。

「今まで向き合ってこなかった分、沢山向き合えばいい。そうすることで、今まで知ることのなかった意外な一面を見ることも出来るはずだ」

そこでまた、坂柳はきっと新しい選択肢を見つけることが出来るようになる。

ただしそれが強さと言えるのか弱さになるのかはまだ分からないが。

『軽井沢《かるいざわ》さんや一之瀬《いちのせ》さんがあなたを好きになるわけです。あなたはズカズカと人の心に踏み込んできて、勝手に荒らして、そして芽吹かせていくのですから。でもあなたの本質は私よりも頑固で簡単には変わらない。フフ、そこがまた魅力的に見えますが』

「褒めてもらっていると解釈しておく。さっきの山村《やまむら》の話じゃないが、坂柳には伝えておくべきことがある。無人島試験でオレがおまえに『借り』を作ったことは覚えてるな？」

アポを取って時間を作ってもらった目的の1つは、そこにある。

『そう言えばそんなこともありましたね』

「オレは明日の勝負で、おまえが勝つのか龍園《りゅうえん》が勝つのか、その予想をどちらかに傾けて考えているつもりはない。あえて対等に50％ずつと思って見させてもらっている」

『だから私が敗れれば、その借りを返すタイミングを逃すというわけですね』

「ああ。だから確認を取っておきたかった。必要なら今借りを返すことも出来るだろう」

直接の表現を避けたが、オレが何を言いたいのかは坂柳もすぐに理解したはずだ。

もちろん、それを要求することが無いことも分かっているのだが。

『答えは言わずもがな、ですよ』

「のようだな」

特別試験で龍園より優位に立ち回るために、オレの手を借りる。

そんな甘えを坂柳が取るはずもない。わかった上で聞いたことだ。

『あなたに貸した借りは3年生で返してもらうことにします』

「そうか。なら、そのつもりでいる」

『そうしてください』

そう答えた坂柳は、またあくびを挟む。

「そろそろ切ろうか」

『もうよろしいのですか？　私はまだまだ、お話を続けたいのですが――』

「今日のところは十分だ。各クラスのリーダーの状態はよく分かったからな」

『そう、ですか？　では学年末特別試験が片付いたら、ゆっくりお茶でもいたしましょう。彼を倒した後は綾小路《あやのこうじ》くんとの勝負が、３年生で待っていますから』

言葉の中にも欠伸《あくび》が混じってきたため、オレは切り上げることを決める。

『このまま——綾小路くんから切って頂けますか？　穏やかな気持ちのまま、眠りにつきたいと思います。——お休みなさい』

坂柳《さかやなぎ》には終始、緊張した様子は見られず、落ち着いていた。

むしろ新しく見せ始めた己の感情に、身を任せる一面も見せ始めている。

これもまた成長の１つなんだろう。

通話を終えた後オレも服を脱いで寝巻に着替え始める。

龍園《りゅうえん》と坂柳。どちらも、学年末特別試験に向けた心の準備は万全と見ていいだろう。

このどちらかが明日——敗北し学校を去る。

オレはただ傍観者として結果を見守るべき。それが正解だ。

だが、包み隠さず本心で語るとすれば、望む結果はどうであるのか。

考えないようにしていたが、オレの中には確かに明確なものがあった。

どちらに勝ってほしいのか。両者に会う前から、もうその答えは出ている——。

○学年末特別試験、開幕

穏やかな日差しに春を感じる今日この頃。

ついに2年目の学校生活、その集大成を迎える時がやって来た。

2年間不動のAクラスとして先頭を走り続け、今また抜き出ようとする者たち。好調なスタートを切りながら、ジワジワと追い上げられDクラスに沈み、それでも浮上しようと一致団結する者たち。地力が足らずとも、手段を選ばず立ち向かい続け一発逆転を虎視《こし》眈々《たんたん》と狙う者たち。Dクラスに始まり、クラスポイントを全て失い、そして今念願のAクラスに手を伸ばそうとしている者たち。

大きなクラスポイントの変動が約束された学年末特別試験が、間もなく行われる。

朝7時40分。オレは1人、寮の部屋を出た。

ロビーまで誰一人他の生徒に出会うこともなく、静かなもの。

それもそのはず。学年末特別試験の代表者は、午前8時に特別棟に集合する決まりになっている一方で、その他大勢のクラスメイトたちは午前9時にいつもの教室へ集合する決まりであるため、まだ寝ている者も中にはいるだろう。

他の代表者にならで出くわしても良さそうなものだが、特別棟まではここから歩いて10分ほどかかるため、40分の出発は結構ギリギリだ。

もうほぼ全員が、既に学校に到着しているか到着する頃と思われる。

通学路を歩んでいると、ベンチに座る1人の私服姿の生徒を見つけた。

「随分と早い朝ですね。こんなところで何をしているんですか鬼龍院《きりゅういん》先輩」

「君を待っていたのさ。学年末特別試験に挑む前に、一目見ておこうと思ってな」

そう答えた鬼龍院先輩の横には鞄《かばん》が置かれている。

「これから出かけるみたいですね」

「本来なら3年生はとっくに卒業式を迎えて外の世界に出ている頃だ。私も例に漏れず新居探しで忙しくしていてな。南雲《なぐも》が君のことを気にかけていた。学年末特別試験でどんな立ち回りをするのかと。しかしもう君に会うつもりは無いのか、偵察は私に丸投げだ」

面倒な役回りを押し付けられたようだが、断ることも容易だったはず。

「その様子なら心配はなさそうだな」

「オレの心配をしてくれていたんですか。随分と優しい先輩方なようで」

「失礼。心配は言いすぎた。だが君は我々に予測できないことを平然とやってのける。試験でどんな結果を導き出すのか、楽しみにしておく」

オレが急いでいることは分かっているのか、鬼龍院先輩はそう言い手を軽く振った。

会釈して、オレは止めた足を動かし校舎を目指すことに。

程なく特別棟に着くとクラスの代表者2名が教室の扉近くで待っていた。

傍《そば》には見慣れない大人が1人立っている。

大抵の特別試験は学校の教師が立ち会う印象だが、今回は違うのだろうか。

「おはよう清隆《きよたか》くん」

女の子顔負けの眩《まぶ》しい笑顔で、オレを迎えてくれる洋介《ようすけ》。

一方で堀北《ほりきた》の方は待たされたことが不服だったのか機嫌は良くなさそうだ。

「随分と遅い到着ね。私たちが最後よ」

やや声も上ずっていて、表情も硬い。

「時間は守ってるから問題ないだろ」

「そうだけど……まあいいわ。……今は些細《ささい》なことね。行きましょう」

迎えた学年末特別試験の本番だ。

きっと朝から、いや前日の夜から気が気でない時間を過ごしていたはずだ。

堀北が揃《そろ》ったことを大人に報告すると、入室するための扉を開いてくれる。

開けた先、教室の中では先んじて到着していた各クラスの代表者3名ずつ、合計9名が並べられたパイプ椅子に着席を済ませていた。

坂柳《さかやなぎ》、龍園《りゅうえん》、一之瀬《いちのせ》の3名は問題なく当日を迎えたようだ。

オレたちの入室を受けて何人かが振り返る。

誰が代表者なのかを確認するためなのは間違いないだろう。

特に一之瀬《いちのせ》クラスにとっては、重要な部分だ。最後までオレが代表者になることを恐れていた神崎《かんざき》と目が合う。事前情報からも覚悟は出来ていたのか、驚きは無いようだったが歓迎していないであろうことは手に取るように伝わってきた。

何を考えているかはそれほど想像に難しくない。

『やはり出てきたんだな』

そんなところだろうか。

申し訳ないがこちらにも諸事情がある、気持ちを汲《く》んではやれない。

誰が代表者なのか、この公の場で初めて堀北《ほりきた》たちも知ることになる。

空いた席に座ろうと歩き出したところで、坂上《さかがみ》先生と星之宮《ほしのみや》先生が近づいてきた。

坂上先生の両手には縦横30センチほどの空の2－Bと書かれた白いケースが。

「携帯、またそれ以外の金属、電子機器を持っている場合は全て提出するように」

坂上先生がそう言い、ケースに視線を落とす。

ポケットから携帯を取り出し、白いケースに置く。

堀北と洋介《ようすけ》も同じく携帯を取り出してケースへと預けた。

「はーい、ちょっと動かないでねー。身体検査をしまーす」

そう言うと、星之宮先生はオレの頭からつま先まで、片手に持った機器を使い検査を始めた。ハンディー型金属探知機だろうか。

「随分と徹底しているんですね」

検査が自身から堀北の番になったところで、そう質問をする洋介。

「ごめんね、学校からの指示だから。はい、3人ともチェックオッケーです」

特に問題がなかったことが判明すると坂上先生が頷《うなず》く。

「預かった携帯は試験終了後に返却します。空いた席に座って待つように」

3つ残っている空席のパイプ椅子に向かい腰を下ろす。

それからじっくりと代表者たちの背中を見つめた。

対戦相手となる一之瀬のDクラスからは浜口《はまぐち》と神崎。

一之瀬、神崎は確実だと思っていたが、3人目に浜口を持ってきたか。

総合的な能力は平田《ひらた》と系統が同じで、優等生タイプで大きな事故には繋《つな》がりにくい生徒だ。これは恐らく堀北たちの想定にあっただろう順当な代表者選出と言える。

しかし……。

坂柳《さかやなぎ》、龍園《りゅうえん》クラスには意外な人選が見られた。

「どういうつもりかしら……」

まず何より堀北が驚愕《きょうがく》したのは、龍園クラスの代表者に選ばれていた葛城《かつらぎ》、ではなくもう1人のメンバーだ。

それは隣に立っていた洋介《ようすけ》もだし、何よりオレも少し驚いた。

総合力が必要となる可能性が高そうなこの特別試験において、明らかに不釣り合いと思われる西野武子《にしのたけこ》の姿があったからだ。

当人も、自分が場違いであることを自覚しているのか腕を組みどこか落ち着かない様子だ。代表者3名の中に、男女共必ず1名以上の選出をしなければならない決まりはあるが、だとしても西野とは思っていなかった。

「奇をてらって来たわね」

「僕も西野さんを起用してくるとは思ってなかったよ。綾小路《あやのこうじ》くんなら狙いが分かる？」

「いや……。意表を突いたのかも知れないが、だとしても突きすぎだな」

西野が悪い生徒だとは思わない。

存在感を取っても、龍園《りゅうえん》クラスの中では比較的目立つ方だろう。

龍園に対する強気な姿勢など、物怖《ものお》じしない部分は十分に評価できる。

しかし、だとしても総合的な能力では他にも優れた生徒は存在する中での抜擢《ばってき》。

「体調不良で欠席者が出た可能性はあるんじゃないかな？」

「なるほど……本当は別の誰かが代表者だったけれど、彼女が繰り上がったと？　けれど繰り上げるにしても西野さんが候補になるかしら……？」

確かに、普通なら補欠に入れるかも怪しいところだ。

ただ、龍園クラスで龍園が任せるに値する女子が他にいるのか、というのには少々疑問が残りもする。

「私は女子の枠からは椎名《しいな》さんが選ばれると思っていたのだけれど。彼女が欠席？」

堀北《ほりきた》の予想では、ひよりが選ばれると思っていたらしい。

ひよりが体調不良で参加できなかったとすれば順当な説明がつく。

しかしオレは別の線も考えてみる。

「龍園クラスの女子は正直駒が少ないからな。今回の特別試験は代表者ばかりに目が行きがちだが、残りのクラスメイト、参加者にも大きな役目が与えられるというし。あえてひよりをそちら側に残したってことも十分考えられる」

「……そうね。確かに限られた戦力を分散する中でその選択はあるのかも……」

堀北クラスは代表者になれる候補者が複数いる。

だから櫛田《くしだ》や松下《まつした》のような生徒たちを補欠にする余裕があるが、龍園クラスは違う。

「それに、代表者同士で戦うような展開をひよりが得意とするかはまた別の話だ」

龍園サイドから明確な答えを聞かない限り、どれも憶測の域を出ない。

とは言え、仮にそんな狙いがあったにしても、西野の代表者選択は賭けだ。

龍園が不利を1つ背負った形になるかも知れない。

あるいは――――。

代表者として自分が出る以上、他が誰であってもどうとでもなるという意思表示なのかも知れない。だとすれば対戦相手には強烈なアピールになるだろう。

だが、そこは曲者《くせもの》の坂柳《さかやなぎ》。

西野《にしの》ほどのインパクトはないが、似たような驚きがあった。

それは代表者に鬼頭隼《きとうはやと》が選ばれていたことだ。

鬼頭は坂柳の側近で、立場的には代表者としておかしくはないが、求められる能力が身体能力になる確率が低い状況で、あえて運動面に優れた鬼頭を代表者にする必要があったのかどうかだ。

こちらにも、もしかすると坂柳の思惑が見え隠れしているかもな。出来ることなら各クラスのリーダーから人選の理由を聞いてみたいところだが、そうもいかない。

代表者は全員揃《そろ》ったが、まだ学校サイドが動き出す様子はない。

「ふーっ……」

右側に座っている堀北《ほりきた》が息を吐く。

緊迫した状況で重圧を感じるのは仕方のないことだが、流石《さすが》に少し過剰だな。

その様子を、洋介《ようすけ》も心配そうに窺《うかが》っていた。

このまま試験が始まってしまうと、堀北にとって良くない展開にもなり兼ねない。

だが下手な言葉はかえって緊張を高める恐れもある。

解決策は幾つかあるが、その中でも今、最も有効だと思われる方法が1つ浮かぶ。

あの時も死を覚悟したものだが、果たしてどうなるか。

オレはそっと右手を伸ばし、堀北の左わき腹を思いきり掴《つか》む。

「っひゃっ!?」

びくっと椅子の上で跳ねた堀北。

それと同時に重苦しく静かな教室内に響く女の子の声。

ここまで正面を向いていた代表者たちの多くが、何事かと振り返った。

慌てて何でもないのと首を振り、堀北は俯《うつむ》いて代表者たちの怪訝《けげん》な視線から逃げる。

「何するのッ……！」

「緊張をほぐしてやろうと思ったんだ。少しはマシになっただろ？」

「だからって、こんなやり方にする必要があったかしら……!?」

小声ながら凄《すご》い形相で不満を口にする。

「懐かしさもスパイスに混ぜてやろうと思ったんだ。オレなりの配慮だな」

「そんな配慮いらないわよっ」

他の代表者たちはもう見向きもしていないが、洋介は文句を言う堀北と言われるオレを見てホッとしたような、嬉《うれ》しそうな顔を見せる。

と、そのタイミングで室内に動きがあった。

特別試験の開始を告げるかのように、真嶋《ましま》先生と茶柱《ちゃばしら》先生が教室に姿を見せたのだ。

「ほら静かにした方がいいぞ」

「後で覚えておきなさい……」

恨みは強く買ってしまったが、ひとまずこれで集中して説明に耳を傾けることが出来るだろう。

さて。これで2年生のクラスを担当する担任の教師たちが揃《そろ》った形だ。

そのうちの1人、Aクラスの担任である真嶋先生が一歩前に出る。

「今回学年末特別試験の説明役を務めることになった真嶋だ。早速だが時間が惜しいので特別試験を開始するための準備を行いたいと思う。それに伴い、開示していなかった特別試験の詳しいルール説明をしていく」

特別試験の開始時刻は10時だが、真嶋先生はそう言うとすぐに説明を開始する。現時刻が8時を過ぎたばかりであることを考えると、単に説明だけに要する時間にしては余りに長すぎる。特別試験開始前に、更なる何かしらの準備を強いられる可能性は高そうだ。

「まず最初に、本日参加する最終的な代表者3名を発表する」

2年Aクラス代表者

先鋒《せんぽう》・真田康生《さなだこうせい》　中堅・鬼頭隼《きとうはやと》　大将・坂柳有栖《さかやなぎありす》

2年Bクラス代表者
先鋒・平田洋介《ひらたようすけ》　中堅・堀北鈴音《ほりきたすずね》　大将・綾小路清隆《あやのこうじきよたか》

2年Cクラス代表者
先鋒・西野武子《にしのたけこ》　中堅・葛城康平《かつらぎこうへい》　大将・龍園翔《りゅうえんかける》

2年Dクラス代表者
先鋒・浜口哲也《はまぐちてつや》　中堅・神崎隆二《かんざきりゅうじ》　大将・一之瀬帆波《いちのせほなみ》

一室に用意されていたモニターにまず映し出されたのは各クラスの代表者たちの名前と団体戦の順番だ。どのクラスも男子2女子1の構成になっている。

欠席者や補欠の件に触れる様子がないのは、単に欠席者が出なかったからか、その部分を他クラスにオープンにしないルールなのかは曖昧なところだ。

ただこの時点で代表者12名は確定となり変更は出来ない。

何らかのアクシデントで参加できないとなれば、自動的にその生徒は敗北扱いだ。

代表者たちから質問が飛ぶこともなく、真嶋先生は説明を続けていく。

「ここが代表者の舞台となる。教室にはモニターが複数台、机と椅子が2つずつ、そしてタブレットが2台ずつ置かれているのが分かるだろう。この教室ではAクラスとCクラスが、そして全く同じセットが特別棟の別の教室にも用意されていて、そこではBクラスとDクラスが対決することになっている」

やはり1対1である以上、1年生の時の学年末特別試験と同じような段取りと考えて問題なさそうだ。

「開始時刻になったら、各クラスの代表者の先鋒《せんぽう》同士が席に着くところから特別試験が始まる。中堅と大将に任命された代表者たちはここは違う待機室に留《とど》まってもらうことになるが、試験の流れを見て理解をしてもらいたい」

真嶋《ましま》先生が複数あるうちの1台に、試験の説明文を表示させる。

特別試験の流れ

一般生、優等生、教師、卒業生、下級生、上級生、背信者の配役を担い議論を行う

事前準備

各クラスの代表者たちは、任意の生徒で7人1組のグループを5グループ作成する

※同一グループは連続して起用できず、一度休憩させなければならない

※参加者が35名未満の際、必要に応じて2つ目のグループに同一人物の参加を認める

①各クラスの代表者はタブレットで議論に参加するグループを1つ選択する

②各クラス7名ずつ、合計14名の参加者による議論をモニター越しに観察する

・議論は1ラウンド5分

③ラウンド終了後、両代表者は参加者1名を指名し、特定の配役を選択する権利が与えられる

・指名は1ラウンドに1名まで。パスは自由。1分以内にタブレットで選択を行う

④選択した参加者の配役の正否により代表者同士のライフが変動する

・教師、卒業生はこのタイミングで配役の持つ効力を行使する

・代表者が1人以上パスを行っていた場合、優等生が1名を退室させる

（その際に役職者が選ばれても代表者のライフ増減は無し）

・代表者、優等生に選ばれた1名から2名の生徒は議論終了となり退室となる

（指名が正解すると配役が開示されるが、優等生の指名では配役が開示されない）

⑤一般生もしくは優等生のどちらか全員が退室で議論終了
・議論途中でも、代表者のライフが0になった時点で議論終了となる
・大将のライフが0になった時点で試験終了となる
・両クラスの大将が同時にライフ0になった場合、ライフ1で再戦。決着まで繰り返される
・議論終了時、もしくは代表者交代の際はインターバルが挟まれる

明かされていく特別試験の詳細。

それにより、この試験の全貌がじわじわと見えてくる。

その最中も真嶋《ましま》先生は、代表者たちの様子を見ながらモニターの説明を続けていく。

「基本的な特別試験の流れは①から⑤の手順で行われ繰り返される。幾つか目についた表現があると思うが順を追って説明する。まず『参加者』とはおまえたち代表者以外の残った生徒全員を指し、その生徒たちで『議論』を行ってもらうことが試験の核になる。そして議論の内容はこの先の議論説明を見て欲しい」

議論
・参加者14名は個別に与えられる配役を見抜くための話し合いを行う

・一般生もしくは優等生のどちらかが0人となった時点でその議論は終了となる
もしくは代表者のライフが0になった時点でも議論終了となる
（この際、議論に残っていた生徒全員にプライベートポイント5000が与えられる）
・代表者は一般生、優等生、背信者以外を『役職有』と大枠で指名することが出来るが、その場合は正確な指名とはならないため具体的な役職が何かは開示されない
・待機中の代表者以外の生徒たちはモニター越しに議論を観戦できる
・同じラウンドで各代表者がそれぞれ指名成功した場合、ライフの相殺処理を先に行う

参加者に与えられる配役一覧と参加人数

『一般生』　6人～8人
何ら特殊な権限を与えられていない生徒
誤認指名（役職有指名含む）した場合、指名した代表者のライフが1失われる

『優等生』　2人
優等生を見抜き指名に成功した場合、対戦相手の代表者1名のライフを3削る
誤認指名（役職有指名含む）した場合、指名した代表者のライフが2失われる
優等生は他の優等生を認識し存在を共有している

代表者が1人以上パスした場合、ラウンド終了時参加者を1人指名し退室させる
（2人残っている場合はランダムで指名権を付与。また優等生は優等生を指名出来ない）

『教師』　1人
役職有との指名に成功で対戦相手のライフ1を、教師との指名でライフ2を削る
誤認指名した場合、指名した代表者のライフが2失われる
効力：各ラウンド終了時に1度だけ生徒1名を優等生の指名からブロックできる

『卒業生』　1人
役職有との指名に成功で対戦相手のライフ1を、卒業生との指名でライフ2を削る
誤認指名した場合、指名した代表者のライフが2失われる
効力：各ラウンド終了時、1名を指名してその生徒の配役を知ることが出来る
ただし背信者に関しては正体を知ることが出来ず、一般生と認識してしまう

『下級生』　1人
役職有との指名に成功で自身のライフ1を、下級生との指名でライフ2を回復する
誤認指名した場合、指名した代表者のライフが1失われる

『上級生』　1人

役職有との指名に成功で対戦相手のライフ1を削り、上級生との指名でライフ1を削ると共にランダムに2名の参加者の配役が代表者に開示される

誤認指名した場合、指名した代表者のライフが1失われる

『背信者』　0人～2人　※各クラス、試験で1度のみこの配役を使用できる

代表者が議論に参加する対戦相手クラスの1名の参加者を指定し背信者にできる

1ラウンド毎《ごと》に議論中の1名の配役（優等生を除く）がランダムに背信者を指定した代表者に開示される

誤認指名（役職有指名含む）した場合、ライフが2失われ行使した対戦相手の背信者権利が復活する

優等生が背信者を退室させようとした場合、ブロック扱いとし退室にならない

背信者は対戦相手が誤認指名するか、対話で代表者が断定しない限り退室させられない

各配役報酬

・一般生側が勝利した場合、一般生全員が1万プライベートポイントを得る

・優等生側は役職のある生徒が指名される度に5000プライベートポイントを得る

また、優等生側が勝利した場合は50万プライベートポイントを得る

・教師、卒業生の場合は議論終了まで退室しなければ5万プライベートポイントを得る

・上級生、下級生が優等生の手によって退室した場合、その配役の生徒は5万プライベートポイントを得る

・背信者が議論終了時まで退室しなければ500万プライベートポイントorクラスポイント50の好きな方を得る

参加者の配役とその効果について説明がなされると共に、実際に試験中に使うタブレットを取り出した真嶋《ましま》先生が、それをモニターに表示させる。

タブレットでは参加者14名の名前とパスの項目が仮配置されていた。パスをする場合は2回再確認され、指名する場合は名前をタッチし更に役職有か指名可能な配役名、そして決定するという流れだ。一般生は指名する必要がないので、項目は用意されていない。

「ここにいる代表者はクラスの勝敗のカギを握る重要な役目を担っているが、クラスメイトたちもまた、代表者たちの勝敗を自《おの》ずと大きく左右することになる。ルールが複雑なように見えるかも知れないが、おまえたちは1年生の時に船上試験で似たような体験をしただろう。それに近いものと思ってもらえれば理解が早いかもしれない」

1年生の時の船上試験。あの時は何も知らなかったが『人狼《じんろう》ゲーム』に近いシステムを

利用し、『優待者』と呼ばれる生徒を見つけ出すというものだった。

実際の世間を知らなかった当時のオレは、そんなゲーム1つ知らなかったものだ。あの頃からは随分と意外な知識を身につけたが、これも成長と表現していいだろう。

思えばあの時、船上試験の説明をしていたのも真嶋先生だったな。

そんなことを思い返しつつ話に耳を傾ける。

「仮に代表者同士、両方の指名が成功した場合、相殺処理を行う。下級生の場合は少し特殊で、仮にAが下級生と見抜き、Bが教師を役職有で指名してどちらも正解の場合、差し引きをしAのライフが1回復する形だ」

自分の結果と相手の結果を比較して最終的な処理が反映されるということか。

「おまえたち代表者も議論に加わりたい所かも知れないが、試験中は議論をモニター越しに見る、聞くだけしか出来ず、一切の指示が出来ない。また試合に参加しない代表者たちに至っては議論を見ることも不可能だ」

参加者たちは参加者たちで議論をして、14名で勝敗を決めていく。

一方で戦う代表者は議論を見守り、誰を排除するかの指名権が与えられているということか。代表者のどちらかがパスして初めて、議論している優等生に誰を退室させるかの権利が与えられるというのは、一風変わったものと言えそうだ。

本来能力の高い代表者が議論に参加していれば、自らの答弁で怪しい生徒を探し出したり、怪しいと思った生徒が何の配役かを見抜くため質問をしたりすることが可能だが、モニター越しではそれが叶《かな》わない。参加者たちに推理の大半を託すことになる。

「様々な配役が代表者のライフに大きく影響を与える。特に背信者と呼ばれる1度きりしか行使できない配役は、その他の配役よりも勝敗の行方を大きく左右するかも知れない。仮にAがBのクラスに所属する生徒の1人を背信者として指定した場合、この背信者が残り続ける限り、Aにのみ議論に参加している参加者の配役が優等生を除き毎ラウンド1人ずつ開示されていく。見つけ出さず放置していれば、その分だけ不利になり続けるということだ。かといって、背信者の排除を急ぐが余り誤認指名し背信者を退室させてしまえば、ライフを失う上、再び背信者の権利を対戦相手の代表者に復活させてしまうことになる」

特別試験に良い流れも悪い流れも持ってくるだけの効力があるということか。

だからこそ、スタート時点で各クラス1度しか権利を保持していない、と。

先手必勝で使用してスタートダッシュ、あるいは相手の誤認指名による権利の二度の行使を期待するのも、一発逆転を狙って中堅や大将相手に残しておくのも自由。

ただ気になるのは現状、背信者を指名では排除できないという部分だ。

「背信者をどうやって見つけ議論から外すかだが……これは背信者の権利を行使した時のみ特殊なルールが採用され、毎ラウンドの終わりに代表者が自クラスの生徒1名を呼び出し、背信者であるかどうかを『対話』で問う権利を使うことで解消していく」

対話
・ラウンド終了時毎《ごと》に代表者が希望する場合に限り別室で1対1の対話が可能
※対話では互いに特別試験の途中経過やルールの詳細について話し合うことを禁ずる
①対話を行う
②参加者は背信者かそうでないかを告白する。その際先行して回答を求められる
③代表者は背信者だと断定するか、無実だと判断するかを選ぶ
④結果
参加者が背信者であった場合
・背信者だと告白して代表者が断定した場合。情報流出は止まるが背信者の報酬は剥奪《はくだつ》
・背信者だと告白して代表者が見逃した場合。代表者はライフを5失う
・背信者が否定して代表者が断定した場合。背信者は退学となる
・背信者が否定して代表者が見逃した場合。代表者はライフを5失う
参加者が背信者でない場合
・背信者だと告白して代表者が断定した場合。代表者はライフを1失う
・背信者だと告白して代表者が見逃した場合。ペナルティなし

・背信者が否定して代表者が断定した場合。代表者はライフを1失う
・背信者が否定して代表者が見逃した場合。ペナルティなし

先に背信者側が白か黒かを答え、その後で代表者が白か黒かを答えるということか。背信者じゃない者が背信者と偽ることは基本なさそうだが、一応の補足だろう。

「これらのルールは試験中、代表者はタブレットでいつでも確認できる。また質問があれば随時試験中に発言してもらっても構わない。答えられる範囲で試験官が答える」

細々としたルールは確かに多い。全てが頭に入る生徒なら問題は無いが、生徒によっては繰り返しルールを確認したいところだろうし、ありがたい配慮だな。

「1つ思ったのですが……よろしいでしょうか？」

ここまで静かに聞いていた代表者たちだったが、真田《さなだ》がその沈黙を破る。

真嶋《ましま》先生が質問を許可したことで、真田は立ち上がり軽く代表者たちに頭を下げた。

「先ほど説明頂きましたが、僕が仮に背信者を対戦相手の参加者に紛《まぎ》れ込ませたところですぐ露呈してしまうのではないですか？　確かに最後まで隠し通せればクラスポイントを50得られるのは大きいと思います。クラスのために背信者役を頑張りたいとは思うでしょう。それに、本気で望む生徒がいるかどうかは別として個人でお金を得ることも出来ます。しかし背信者が議論に残り続けることが大きなデメリットだと分かっていれば、モニター

越しにでも自分が背信者にされたと名乗り出るのが多数ではないでしょうか？」

対等な戦いの中で行われる議論なら、名乗り出たとしても『嘘《うそ》』の可能性があるため真実は簡単には判明しない。だが真田の言うように背信者だけは特別枠。対戦相手が行使する仕組み上、名乗り出るのは基本1人だけだ。クラスメイトをあえて混乱させようとする本当の裏切り者がいれば話は変わるが、それはまず考えなくてもいいレベルだろう。

「もっともな質問だが、それは考えられない。何故《なぜ》なら参加者たちはおまえたち代表者とは多少『異なる説明』を受けるからだ」

「異なる説明……ですか」

「そうだ。今ここで開示している代表者の勝利条件やルールについては、参加者たちには限定して伝えられるため、詳細は分からない。代表者の視点では優等生を見つけ出すことが勝敗のキーとなっているが、議論に参加する生徒はあくまでも一般生と優等生、その他の役職で議論ですることが目的とさせられるからだ」

言ってしまえばこの特別試験の議論、その中身など本来無意味に等しい。

優等生を見つけ出すことが代表者の目的だと参加者が周知されていたなら、大げさな話、言葉にして訴えるだけでいい。対戦相手の代表者は嘘をつくとしても、自クラスの生徒が嘘をつくメリットなど無いからだ。

学校はその矛盾を解消するため、本当のルールに蓋をするらしい。

その結果、代表者は代表者、参加者は参加者のルールで戦うように調整している。

もちろん、参加者の中には不自然に思う者も当然出てくるはずだ。中には代表者が何をしていて、どう戦っているのかを議論の中で察していく者が出てくるかも知れない。しかし肝心の代表者の指名、ライフの価値、配役の特性を知らなければ迂闊《うかつ》な行動は取れない。堂々と正体を明かすことが不利に繋《つな》がることも十分に考えられる。

背信者の報酬とリスクについても同様だ。

代表者との対話まで進めたとしても、クラスポイント50を得るため、何とか知られまいと奮闘するだろう。

ただし、対話にまで持ち込まれたなら、告白は必須だ。

もしも否定した上で代表者に背信者だと断定されると、退学が待っている。

この特別試験で求められる能力は、幾つかあると言えそうだ。

自分のクラスメイトに留《とど》まらず、相手のクラスメイトのことをどこまで熟知しているかは欠かせない要素になる。

そのため、生徒一人一人の喋《しゃべ》り方や仕草など日常で見せる姿をどれだけ把握しているかによって難易度が大きく変わるだろう。

また細かな所作を見落とさない洞察力、観察力も当然高ければ高い方がいい。

更に代表者同士が対話できる状態になっていることから、下手な誘導などに惑わされない精神力も問われてくると思っておいた方がいい。

一方、茶柱《ちゃばしら》先生も言っていたように身体能力は必要ないこと、また学力との関係が薄いことは証明されたと言っていいだろう。病欠者はいないらしいことからも、龍園《りゅうえん》がひよりをあえて代表者にしなかったのは悪い選択ではなかったのかも知れないな。

議論を円滑に進められる人材が少ないCクラスにあって、貴重な戦力だ。

この段階では全てを判断できないが、学力勝負ではなかったこと、ひよりを代表者にしなかったことなど、龍園に多少の追い風が吹いていると言えそうだ。

1

12人の代表者がまずは待機、休憩する教室へと移動する。

その途中、話が特別試験に関する話題になるのは必然だろう。

堀北《ほりきた》と洋介《ようすけ》は、参加者のルールについて話し合いをしていた。

「私たちとは試験が終わるまで直接かかわらないけれど、負担も想像以上に大きいし、代表者でない生徒たちも重要な役割が与えられたわね」

「そうだね。むしろ参加者の協力が無いと僕たち代表者は正常に勝つことが出来ないとも言えそうだね」

もし何も考えず漠然と議論に参加することで、対戦クラスからの誘導などにあっさりと引っかかってしまえば、配役を相手の代表者に見抜かれライフを削られる可能性もある。参加者の情報が必要なのに、議論を蔑《ないがし》ろにされることで情報を得られず、指名できずに相手の代表者のライフを削る機会を得られない、そんなケースが想定される。

あるいはヒントがないばかりに運否天賦《うんぷてんぷ》だけで勝敗を決めることもあるだろう。

余程自信のないクラスを除けば、望まれない展開と言えそうだ。

「だけど池《いけ》くんたちがどこまで理解できるのか、その辺に不安が残るわ」

参加者としての役目を全うできるかどうか、堀北《ほりきた》は不安らしい。

出来ることなら、今から堀北が直接、嚙《か》み砕《くだ》いて説明を行い理解させたいはず。

いつもなら自然としていることが、この大舞台では許されない。

「不安がないと言えば嘘《うそ》になるけど、それは他のクラスも同じはずだよ」

最後尾を歩く洋介《ようすけ》が、前方の9名を見てそう呟《つぶや》く。

「そうね。条件は全く同じ……。議論だって誰もが初めての体験よね」

「すぐに上手《うま》くは行かないだろうな。クラス同士の対決なのだから、普通は7対7の図式に思えそうだが、実際には同じ配役を背負って仲間になることだって多々考えられる。学年末試験で他クラスと連携を取るなんてケースは全員が寝耳に水だったはずだ」

いきなり手を組めと言われても、普通はスムーズに出来ないもの。

「正直どんな風に進行するのか想像もできないかな」

状況を何となく思い浮かべてみた様子の洋介だったが、イメージが固まらなかったのかすぐに諦めたようだ。

そんな話を続けていると、程なく目的地に到着する。

入室した待機室には、先ほどの教室とは異なりモニターが2台だけ置かれていた。

後は無機質に空いた席が12席用意されているだけ。

「待機中の生徒はこのモニターを見て、試験の状況をリアルタイムで確認できる。ただし確認できるのは代表者のライフの変動と勝敗のみとなっている。先ほども説明したが試験中の様子などを知ることは出来ない」

2台並んでいるモニターの左側の方にサンプルらしき文字が表示される。

結果
2年Bクラス　先鋒《せんぽう》　代表者名　○○　残りライフ0
2年Dクラス　中堅　代表者名　○○　残りライフ4
2年Bクラス　中堅　代表者名　○○　は速やかに移動すること
インターバル残り時間　10：00

「代表者同士の決着がついた時、このモニターに表示されるものだ。本番ではこの代表者名の丸のところに各生徒の名前が表示されることになっている。もう1つのモニターではAクラスとCクラスの結果だけが映し出される」

このモニターから分かることは少なく、試験攻略のヒントになり得るものはない。

「それからおまえたち代表者は、試験が終わるまでこのフロアからの移動を禁止とする。手洗いに関しては待機中のみ自由に使用して構わないが、交代による移動の際に用意された時間をオーバーするなどした場合は別途ペナルティが与えられる。注意するように」

代表者は代表者、参加者は参加者として隔離するための措置だろう。

携帯の没収、ボディーチェックを行ったこと、そしてフロアの移動を禁じているのに関しても、参加者に一切の情報を与えないための一環。

どうにか連絡を取る手段を探ろうにも、まず間違いなく徹底して見張られている。

必要最低限以外の、怪しまれる行動は取らない方がいいだろうな。

「ではこれより、各クラスの代表者3名は話し合いを持って35名の選出と、5グループの作成をしてもらいたい。制限時間は1時間だ」

オレは真嶋《ましま》先生の指示の下、洋介《ようすけ》と共に堀北《ほりきた》のところへ歩みを進める。

同時に一之瀬《いちのせ》クラスもまた、3人が1つの小さな輪となった。

だが坂柳《さかやなぎ》と龍園《りゅうえん》のクラスに至っては、距離は詰めているものの話し合う様子はない。

「あの2人は、自分だけで全部のグループを作り上げるみたいね」

特に驚くこともなく、堀北が呟《つぶや》く。

「クラスメイトの意見を最初から聞くつもりがないんだろうね」

どこか呆《あき》れつつも、表情だけは微笑《ほほえ》みを崩さない洋介が相槌《あいづち》を打ちながら言った。

「私としては助言を貰《もら》えるのなら積極的に採用したいのだけれど、どうかしら」

クラスメイトたちをどのように振り分けるべきか、まだ手探りな堀北が素直に意見を求めてきた。

「優秀な生徒だけで固めるグループは作るべきだと思う。同一グループは1度参加させると1回休ませなければならないけれど、それだけに切り札になり得るんじゃないかな」

ここで言う優秀な生徒、とは学力を指す言葉ではない。

頭の回転が早く、場の空気が読め、高いコミュニケーション能力を持つ生徒。

それでいて悪い意味で注目を集めないで済む生徒が好ましい。

「僕より櫛田《くしだ》さんの方が向いていたかも知れないね、今回の特別試験」

「それは仕方ないわ。事前に開示された情報だけで判断しただけのことだもの」

全てが分かっていればより人選をよりベストに出来たのはどのクラスもそうだ。

「どちらにせよ、櫛田は優秀な生徒としてカウントした方がいいだろうな」

「そうだね。櫛田《くしだ》さんなら間違いなく、個人としても結果を出してくれると思う」

提案した洋介《ようすけ》が頷《うなず》くと堀北《ほりきた》に目をやる。

「彼女を残すのには多くの犠牲を払った。しっかり活躍してもらわないといけないわね」

そう言い、タブレットで手堅い生徒たちを固めた特定グループを作っていく。

時折、堀北はオレたちに助言を求め、洋介もまた知恵を絞って答える。

オレは自発的にはほとんど発言せず、基本は見守ることを続けた。

中堅に収まっている堀北が、自分で決着をつけるためにベストだと考えるグループを組ませてやる必要があるからだ。

「それにしても……今回の特別試験、ルールを聞いて堀北さんはどう思った？」

洋介は洋介で、教師の話を聞いて思うことがあったのだろう。

その答え合わせを求めるように堀北に質問を投げかけた。

「学力や身体能力だけが試験の結果に直結するとは思っていなかったけれど、かなり想定外だったのは確かだわ。実際のところ、何が勝敗を分けると言えるのか……。理想のグループを作成すると一口に言っても、その理想とは何なのかしらね」

「うん。僕も掴《つか》みどころのない感覚が強いよ。櫛田さんのような生徒を1つのグループに固めたとしても、それが僕らのクラスの勝ちに繋《つな》がることになるのか、って」

代表者が戦う舞台、議論の参加者は2クラスの生徒が集められて行われる。

しかも参加者には代表者の勝利条件など完全には開示されず、純粋に議論を行うことが求められるためアシストは期待できない。

つまりグループの生徒が優秀であるか優秀でないかなど、些細《ささい》な問題とも取れる。組み合わさった14名の対話から導き出される議論で、どちらの代表者がいち早く優等生などの配役を見抜けるかが重要だ。

「少なくとも代表者には洞察力を含めた人を見る目、見抜く目が求められる」

「……そうね。でもそうなると私たちの相手は想像よりも厄介なのかも」

そう言い、堀北は盗み見るように一之瀬《いちのせ》の方を見た。幸い向こうは既にグループ作りの話し合いを真剣に行っており、こちらを見ている者はいない。

「下手するとオレや堀北よりも、こっちのクラスのことを理解しているかもな」

「そうね……」

オレはかなり面白い特別試験だと感じていた。

特に代表者には勝つための手立てが幾つか用意されている点を評価したい。

大抵の場合、試験内容が発表された段階で勝敗に偏りが出そうなものだが、やり方1つで堀北、一之瀬、坂柳《さかやなぎ》、龍園《りゅうえん》の4名に勝機がある。誰が勝ってもおかしくない。

堀北主導、洋介補佐の下、進められていくグループ作り。

見守る中で、1つだけ確認とお願いしておかなければならないことがある。

この特別試験のルールを読み解き、オレが必要だと感じたものがあったからだ。

「グループ作りとは関係ない話を先に1つさせてくれ。背信者指定の権利行使だが、それをオレに譲ってくれないか」

そう伝えると、タブレットを持つ堀北《ほりきた》の指先が止まる。

「それはまた随分無茶《むちゃ》なことを言い出すのね。あなたは私に条件を突きつけた身よ。私が中堅として優位に立ち回るためには、欠かせない切り札だと考えていたのだけれど?」

確かに堀北としては、中堅で相手の大将を討ち取る覚悟でいる。

その武器として大いに役立つ可能性のある背信者の権利は自分が行使したい。

そう考えるからこそ、このタイミングで切り出した。

「やっぱり不服か。なら、譲ってはもらえないってことか」

「それは状況次第よ。まず大前提に、あなたに必要なものなのね?」

それを使わずに勝てないの? という確認でもあるだろう。

「相手は一之瀬《いちのせ》だ。今回のルールを読み解く限りかなりの強敵になる。中堅で勝負を決めてくれるならありがたいが、万一権利を使った上で負けとなると危険が伴う。もしもの時のために残しておくのが手堅い」

「言いたいことは理解できるわ。確かにそうかも知れない。でも、それなら少しくらいあなたが条件を緩和してくれるくらいしないと、納得は出来ないわね」

背信者の権利を譲れば、逆に堀北は背信者の権利を持つ一之瀬を倒さなければならない。ライフの差に加えてそのハンデは重くのしかかる。

「じゃあ、こうしよう。もし権利を貰《もら》った上でオレが負けたなら、卒業まで堀北クラスに全面的に協力する。おまえが望めば、どんな時にどんな役目でも背負う。これなら？」

「半年なんてケチ臭い発言は撤回してくれるわけね？」

「そういうことだ」

「あなたが徹底して協力するなんて姿勢、普通は見せてくれないことね。背信者の権利さえあれば絶対に負けない自信があるようだし……ならそれで手を打ちましょう」

一応、半年と短めに提案していたことがこんな形で功を奏することになるとは。

「もうそこまでの協力が得られるのなら負けてもいいわね。手を抜こうかしら？」

そう言って、ちょっとだけ意地悪そうに笑う。もちろん堀北が手を抜くことは絶対にないだろう。1時間与えられたグループ作りの時間だが、特にどこかのクラスが苦戦することもなく、40分ほどでやるべき作業を全クラスが終え、真嶋《ましま》先生にタブレットを返却する。あとは適当に空いた席に座って特別試験開始の合図を待つだけだが……。

全てのルールが開示された今も、基本的な考えは何も変わっていない。

だがオレは1つだけ自らの欲求に従い、その痕跡を残しておくことを決めた。

そのために龍園《りゅうえん》へと視線を送る。程なく視線が合い、廊下で会いたい旨を伝えた。

合図をしっかりと汲《く》み取《と》ったのか一足先に龍園《りゅうえん》が教室を出ていく。

「ちょっとトイレに行ってくる」

オレは軽く堀北《ほりきた》と洋介《ようすけ》に断りを入れ、特別棟の廊下に向かうことにした。

廊下に出ると、その後を追って1人の人物が教室を出てくる。

「綾小路《あやのこうじ》くん」

静寂に包まれた廊下の雰囲気を壊さない程度の声量で、近づいて来た星之宮《ほしのみや》先生。

「お手洗いに行くところだった？　ちょっとだけいいかな」

足を止めて振り返ったオレに、星之宮先生は更にグイっと距離を詰めてきた。

手を伸ばせば無理なく触れられるほどの近さ。

「今日代表者で出てくるなんて、意外だよね。私は思ってもみなかったな」

「そんなに意外ですか？　去年の学年末特別試験も出ていましたよ」

比較対象としては適切だろうと持ち出すと、星之宮先生は鼻を少し鳴らす。

「私のクラスはもう後がないの。Dクラスなの、分かる？　綾小路くんが出てきたら勝てる確率が下がっちゃうでしょ。それに対する嫌味《いやみ》なの、分かるかな」

オブラートに包むこともなく、思っていることを素直に口にしてきた。教師として、踏み込んで良い領域は既に越えている気がするが、その点には触れない方がいいだろう。

「楽な相手とは考えていません。一之瀬《いちのせ》のクラスは強敵です。ルールを聞かされた上での印象では、むしろ不利だと感じているくらいですよ」

「有利とか不利とか、そんなのはどうでもいいの。大切なのは結果、勝利だけ」

不確定なものにすがっても仕方がないのは確かだ。

「そうかも知れませんね。お互いに健闘し合うことしか出来ないので——」

「勝ちを譲ってよ。上手《うま》く手を抜いて欲しいの」

こちらの語尾を遮り、星之宮先生がそう言った。

神崎《かんざき》にも似たようなことを言われたが、それよりも遥《はる》かにド直球だ。

「無茶《むちゃ》を言いますね。仮にも大将を任されている身として、手は抜けません」

「タダなんて言わないってぇ。ちゃんと見返りを払うって言ったら？」

「勝利を譲るに見合う見返りなんて、そうそう出せるものではないですよね。まして星之宮先生は教師です。下手に学生の戦いに介入するのは不文律を破ることになるのでは？」

周囲を警戒しながら、星之宮先生は更に半歩距離を詰めてきた。

「私はサエちゃんにだけは負けられない。そのためになら、何だってするつもり」

「なるほど。教師の立場など気にしていないと」

「そういうこと」

「じゃあ一応お聞きします。先生が用意してくださる見返りとはなんですか？」

「出来ることなら何でも。例えば、３年生で行われる特別試験の情報が早い段階で分かったなら、それをこっそり教えてあげてもいい」

　どこまで教師の枠を踏み出すのか期待して聞いてみたが、想像以上だな。

　今ここで、オレが100%録音機器を持ち合わせていないことが分かっていなければ嘘《うそ》でも言えないような発言内容だ。

「そこまでする気があるのなら、担任として受け持つクラスに情報を流せばいいのでは」

「あの子たちはダメ。悪に染まることは出来ないから。私がそんな提案をしたところで活《い》かしきることは出来ない。むしろ私を守ろうとしてくるはず」

　勝利を渇望しているとしても、一之瀬《いちのせ》は安易に不正に手を染めたりはしない。

　教師の立場が危うくなる星之宮《ほしのみや》先生を迷わず止めるだろう。

　それくらいのことは分かっているらしい。

「その点綾小路《あやのこうじ》くんなら、違うでしょ？　きっと上手《うま》く情報を活かせる」

「ありがたい提案ですがリスクが大きすぎますね。お断りします」

　こんな危険な提案を引き受けてもらえるとは星之宮先生だって思っていなかったはずだ。

「じゃあどんな見返りが欲しい？　綾小路くんから提案してもらえない？」

「特にないから、そちらの提案を待っているんですけどね」

「ぐっ……だったら他にもあるわよ。そう、私にしか出来ないこと……とかね」

　そう言い、星之宮先生は右手を伸ばしオレの耳にそっと触れてきた。

「耳掃除でもしてくれるんですか」

「冗談よしてよ。言いたいこと分かるよね？」

なりふり構わず、本当に出来ることならなんでもやる、という覚悟を見せてはいる。しかし何を見返りに差し出されるとしても、ここで星之宮先生と手を組むのは単なるリスクでしかない。勝ちを欲する愚かな教師と切り捨てるのは簡単だが、物事はそう単純じゃない。勝利のために何でもする覚悟は間違いなく本物だろう。

だとすれば、吐いた唾は飲み込めないように、こちらの発言を教師が拾い上げて利用してくることも考えられる。様々なリスクを考慮しておく必要がある。

「凄《すご》く嫌な目をしてるね綾小路くん。まるで……私の頭の中を見透かしてるみたい」

「今先生に出来ることは、一之瀬クラスの勝利を信じてあげることだけです」

「どうしても勝たせてはくれないんだ」

オレは星之宮先生を正面に据えたまま、一歩後退する。

「当然じゃないですか。堀北《ほりきた》クラスと一之瀬クラス、立場は正反対なんですから」

「だったら私、どんな手段に出るか分からないよ？」

「面白いですね、それも含めて楽しみにしておきます。失礼します」

そう言って背を向け、トイレの方へと歩き出した。

星之宮先生はそれ以上声をかけてくることはなく、追いかけてくる様子もなかった。

○先鋒《せんぽう》の戦い

午前9時過ぎ、自分たちの教室に通学してきた参加者たちは、見慣れない試験官からの説明を受けていた。4つの教室ではそれぞれ、同時進行して同じ説明が続けられている。

室内にはいつも通りに机や椅子が置かれているだけで変わったものは1つもない。

普段と変わらない環境で、どんな試験が行われるのか想像もつかない状態だったが、説明を受けることで段々と理解を深めていく。

代表者たちの勝利条件については一切触れられることなく、参加者が行う議論についての説明が続く。詳細まで一通り説明が終わったところで、試験官が一息ついた。生徒たちは互いに顔を見合わせながら、懸命にルールを頭に叩《たた》き込《こ》もうとしているようだった。

「覚えておくべき一番のポイントは、この議論では自身に与えられた配役を完璧に遂行する以外にクラスに貢献する方法は無いということだ」

まさに綾小路《あやのこうじ》たちが説明されたことを参加者側として聞かされている。

「私たちの勝利条件は分かりましたけど……代表者の勝利条件の方が大事ですよね、それは何なんですか？」

クラスメイトを代表して松下《まつした》が、そう質問する。

参加者の勝負はあくまでも基本的にはプライベートポイントを得るか得ないかの戦い。

一方で代表者の戦いは今後の明暗を分けるクラスポイントの変動。

短期的な価値ではなく長期的な視点を優先するのはごく自然の反応だ。

しかし普段接することのない試験官は、淡々とした口調でこう答えた。

「今言った通りだ。おまえたちに出来るのは配役に徹し議論を正しく行うことだけだ。変に勘繰ろうとしても意味はないだろう。代表者がどう戦うのか、議論毎《ごと》にルールが細かく変わることもあるかも知れない。全ての答えを知るのは特別試験が終了した時のみだ」

はぐらかすわけではなく、最初から伝えるつもりがない。

そんな頑《かたく》なな学校の意思を感じずにはいられないだろう。

「じゃあ……私たちは試験が終わるまで途中経過を知ることも出来ないってこと？」

「その通りだ」

納得いかないと篠原《しのはら》が文句を飛ばすが、間髪を容《い》れず試験官が答える。

徹底して代表者同士のルールを隠匿、明かすことがないと念入りに説明される。

「議論に対し真面目に取り組まなければクラスにとってけしてプラスにはならないであろうということだけを、覚えておくように」

自らの配役を分かりやすくアピールするのは自由だが、それが自分たちの所属する代表者にとって良い方向に転ぶ保証はないということ。

何をもって勝敗が決まるのか不明瞭である以上、説明の通り真剣に取り組むことが一番後悔の少ない選択肢だ。

試験官は参加者に出来ることを伝え、議論の説明を終える。

1

説明を聞き終えた生徒たちは、午前9時半に移動を開始し特別棟に足を運んだ。そして議論用にセッティングされた教室に案内される。

室内の四方には固定カメラが多数設置されており、死角は見当たらない。

並べられた机と椅子はグループ2つ分の14席で、ぐるりと1つの輪を作るように設置されていた。それぞれの席にはタブレットが置かれてあり、左右から覗《のぞ》き見《み》られないよう仕切りもセットされている。

タブレットでは入室時に自らの配役の確認。ラウンド終了時には再度現状確認を行い、タッチをする作業が入る。優等生はその際、代表者がパスを行使していれば優等生以外の誰かを排除する権利を、その他役職を持つ者もそれぞれ効力を行使する必要がある。

椅子の背もたれには簡易的な目印となる赤のテープ、青のテープが貼られており、赤がBクラス、青がDクラス用との記載があった。

仲の良い生徒で固まろうにも、必然的に座った席の左右は対戦クラスの生徒になり、小声でクラスメイトに囁《ささや》くことすら不可能な並び。

また1台大きなモニターが別途設置されており、画面には議論中における重要なルールが表示されている。

議論中におけるルール

・議論に参加する生徒は、発言に際して全員に聞こえるよう心がけること
・特定の人物だけに話しかける行為の禁止
・上記に準ずる耳打ちなど、違反したことが確認された場合は退室を命じる
・過度な暴言、誹謗《ひぼう》中傷、暴力行為はペナルティとし、退室を命じる
・途中退室した場合は所属クラスの代表者のペナルティとなる
※ペナルティの度合いにより代表者のライフが減少する

「モニターの画面には議論の途中結果、及び最終結果が表示される」

生徒たちの注目が集まっているタイミングで、試験官の操作によってモニターの画面が切り替わり、議論終了時はどうなるかの一例が、最終結果のパターンで表示される。

最終結果
一般生4　優等生0　教師0　卒業生0　下級生1　上級生0　背信者1
議論終了のため速やかに退室し、次のグループと交代してください
インターバル残り時間　10：00
「自分の配役の結果がどうであったかなどが表示されることになっている。確認が済んだ後は指示に従い退室するように」
そう伝えると、今度は足早に教室を退室して待機室に移動するよう命じられる。
「間もなく試験開始だ。待機室で呼ばれた生徒はすぐ、ここに入室するように」
慌ただしい説明が終わり、参加者たちの戦いは、ゆっくりと呑《の》み込《こ》む暇もなく幕を開けるところまで来ていた。

2

午前10時。参加者たち専用の待機室のモニターが点灯する。

第一議論

参加者

2年Bクラス

外村秀雄《そとむらひでお》　牧田進《まきたすすむ》　南伯夫《みなみはくお》　幸村輝彦《ゆきむらてるひこ》　東咲菜《あずまさな》　軽井沢恵《かるいざわけい》　佐藤麻耶《さとうまや》

2年Dクラス

柴田颯《しばたそう》　中西次郎《なかにしじろう》　森山進《もりやますすむ》　安藤紗代《あんどうさよ》　山形《やまがた》ひな　石丸《いしまる》ゆり子《こ》　大貫《おおぬき》なぎさ

名前が表示された生徒は議論室へ向かってください

「あ、あたしが1番なんだ……麻耶ちゃんも……」

携帯も没収され、退屈そうに座っていた軽井沢が、慌てて席を立つ。

同様に先陣を切ることになった佐藤も、そんな軽井沢の下へ駆け寄った。

まだルールを完全に呑み込めていない生徒も多くいる中、廊下に出て移動が始まる。

「ねえ幸村くん。私たちどうすればいいかな」

佐藤《さとう》は、近くを歩いていた幸村《ゆきむら》に声をかけアドバイスを求める。

「指示に従うだけだ。そもそも、この議論とクラスは直接関係がない。俺と佐藤たちの配役が一般生と優等生に分かれたら敵と味方ってことになるんだからな」

冷たく言い放ったが、それが今回の特別試験だと幸村は補足する。

「試験官も言っていただろ。ルールに従って真面目に取り組むのが最善だって」

「そうだけど……その最善っていうのが、私たちまだよく分からないって言うか……」

近くでそうモジモジしている佐藤と軽井沢《かるいざわ》を見て、幸村は内心ため息をつく。

女子特有のものと思っているその思考が、不愉快に感じられてしまうからだ。

とは言え幸村も、入学時の自分本位な考えだけではなくなっている。

今では長谷部《はせべ》や三宅《みやけ》と時間があれば共に行動し、人と仲良く接することも覚えた。

「多分……緊張してパニックになってるのは佐藤たちだけじゃない。相手のクラスだってきっと似たような状態だろうし。まずは場の空気に慣れることじゃないか？　それに人狼《じんろう》ゲームをやったことくらいはあるんだろ？」

「あたしは何回か。それと同じと思えばいいってことね？」

「私無いんだけど……コツとかあるの？」

「そうだな……もし優等生に選ばれても、もう1人の優等生を迂闊《うかつ》に見たりしない方がいい。意外とそういう視線はすぐに悟られるしバレる」

慣れないながらもそうアドバイスをして、幸村自身気持ちを落ち着ける。

今回の学年末特別試験の大きさは、当然自分も理解している。

代表者に関しては途中経過すら知らせてもらえない、秘密の多いルールに不満を持ちつつも、参加者として最善を尽くすしかないと気持ちを切り替えている。

「あ、それは分かるかも。やっぱり目線とか大事だよね」

軽井沢は要領を何となく理解したのか、それをコツとして佐藤に話し始めた。

それを見て幸村も、ひとまずは大丈夫だろうと思うことが出来た。

「……安心……か」

1人、誰にも聞こえない囁《ささや》き声を出す。

関係のない女子2人の落ち着きの役に立ったことが、自分にも利として戻ってくる。

議論の場に向かいながら、そんなことを考える幸村だった。

教室の扉を開け、14名の生徒が足を踏み入れる。

軽井沢と佐藤は出来る限り近くに座ろうと目配せをして、Dクラスの柴田《しばた》を間に挟む形で座った。何をできなくてもせめて近くに座り合おう、という考えだ。

その他の生徒たちも、各々好きなように自クラス指定の席に座る。

入口から一番近いところを好む者、一番遠くを好む者。考えは様々だ。

教室に集められた14名の着席が終わると程なく議論の開始が告げられる。

『これより学年末特別試験を開始します。タブレットに各生徒の配役が表示されます。確認を行ってから第一回目の議論を始めてください』

生徒全員が、自分の机に置かれたタブレットに目を落とす。

そしてモニターの画面が一時的に切り替わり14名の配役人数が表示される。

一般生8　優等生2　教師1　卒業生1　下級生1　上級生1

ルールの説明通り、ここに揃《そろ》った生徒たちには何かしらの配役が与えられた。

誰もが第一声を躊躇《ためら》いそうな中、真っ先に動いたのはBクラスの幸村輝彦《ゆきむらてるひこ》だった。

「早速だが、中西《なかにし》が優等生じゃないかどうか、その確認をさせてくれ」

「いきなり俺？　なんで俺が優等生なんだよ」

「悪いが最初に目が合った」

一般生になったため、取っ掛かりを望む幸村はそう言って攻勢を仕掛けた。

他クラスを名指ししたことで荒れることも覚悟の上での発声。

そこからどんどんと議論が行われ始める。

3

モニター越しに、議論を5分間見続けた平田《ひらた》と浜口《はまぐち》の両名。

参加者同士探り合うような会話だったが、嘘《うそ》か本当かを見破る手段は現状乏しい。

怪しい生徒は散見されたものの、それが本当に優等生であるかは別の問題だ。

右も左も分からない中、代表者に取れる選択肢は基本的に2つだけ。

先手必勝で仕掛け配役を見抜き相手を一気に追い込むか、リスクを回避して様子見か。

少なくとも、ここに座っている2人は危険を承知で無茶《むちゃ》を押し通したりはしない。

『これより指名かパスを行ってください。制限時間は1分です』

そんなアナウンスがあってから、僅かな時間沈黙が流れる。

この教室には現在、2人を除き1人の大人が滞在しているだけ。

先ほどまで説明を共にしていた2年生の担任たちではなく、初めて見る顔。

一切口を挟むことなく、教室の隅で生徒の会話と動向を見守っている。

「難しいねこの試験。流石《さすが》の平田くんも、すぐには分からないみたいだね」

そう言い少しだけ半信半疑に問う浜口。

平田は駆け引きを好まない性格でもあるため、ここは素直に頷《うなず》く。

「誰が怪しいのかを見ていると、全員が怪しく見えてくる。一度目で決断するのは簡単じゃないよ」

議論を行った14名同様に先鋒《せんぽう》の2人は探り探り会話を交わす。

両者に共通する点は、相手を苦しめる類《たぐい》の嘘《うそ》をつくのを得意としていないこと。むしろそういった方法に嫌悪感を示していると言っても過言ではない。

「……よし」

ひと息ついた浜口《はまぐち》は迷わずパスをタブレットで選択した。

確実な答えを持たない以上、危険性が高い。

だからこそ迷わずそう決断し平田《ひらた》の判断を待つ。

一方、平田も同様に危険は冒せない。14人の中で、代表者が見抜くべき配役は優等生の2名、教師、卒業生、下級生、上級生の役職が1名ずつ。つまり指名して成果を得るには単純に14分の6を当てる必要がある。

確率にすれば約42・9%。そこまで当たるチャンスがあるのだから、悪い確率ではないと考える者もいるかも知れない。

しかし実際のところ、指名する配役は一般生と背信者を除き5つに分類されているため、的中率はそれよりも大きく下回る。両者がパスを決定したことで、次の進行へと進み、教師と卒業生が持つ配役の効力、及び議論に参加している優等生による指名が入る場合はこのタイミングで行われる。特定の配役だけがタブレットを操作すると自動的に参加者が絞られてしまうため、特殊な能力を有さない他の配役の参加者たちも、タブレットで現状怪しいと思っている参加者が誰か選択する手順を挟まれる。

優等生が退室を命じたのは軽井沢《かるいざわ》だった。瞬く間に退室が決定し、悔しさも湧く前に静かに教室を後にする。

これで13人。ジワリと確率が変わっていく中で始まる2度目の議論。

2人は呼吸の音すら邪魔だと感じるほどに息を殺し、モニターを注意深く見つめる。

短いようで長い議論。参加者たちは定期的に言葉を詰まらせる。

そして、まだ多くがどう立ち回っていいか分からないようだった。

全員を怪しみながらの観察。

ちょっとした仕草や挙動、それら全てが怪しく見えてくる。

第2ラウンドが終わると再び代表者に指名する権利がやって来る。

タブレットを見つめ、考え込む平田を横目に盗み見ながら、浜口は期待する。

まだ平田が誰も見抜けていないでいてくれと。

その願いは半分通じていて、平田は第1ラウンドと変わらず新情報を得られなかった。

そんな平田も程なく、浜口の方を見る。視線が交差しお互いにどうなんだ、と心の中で牽制《けんせい》を入れ合う。そして制限時間が迫ると同時に両者が下した決断はまたしても同じ。

ここも危険は冒せないと判断し保留、パスの選択をする。

よって優等生による指名が行われ、1名が退室。その生徒の配役は当然不明だ。

それでも分母だけは確実に減っていく。それは止められない。

次のラウンドに備え浜口《はまぐち》は前かがみになり、モニターに三度噛《かぶ》り付《つ》く。

参加者は2人減ったが、本命は対戦相手のライフを3奪える優等生。分母そのものが減ってきたタイミングもあり、仕掛けられそうなら仕掛けたいと考えていた。

先鋒《せんぽう》の持つライフは5しかない。優等生を1人見つけることが出来れば、一気に相手を追い込むことが出来る。そんな浜口の目論見《もくろみ》の第3ラウンドが始まる。

執拗《しつよう》に中西《なかにし》に向けられていた幸村《ゆきむら》の発言が、想像以上に中西の動揺を誘い、周囲から集中砲火を浴びて半ばパニックを起こす状況に発展した。

同じクラスメイトの浜口にとって、中西が過剰な演技をするタイプではないことはよくわかっており、多少の危険を伴っても優等生として指名、攻めるべき時だと覚悟を決める。

一方、平田《ひらた》は同じ感情を抱いてはいなかった。

中西の言動がわざとらしく見え、むしろ優等生ではない裏返しに受け止めた。

かといって他の役職であるかどうかは、現状はまだ判断がつかない。

同じ人物を見据えながらも、辿《たど》り着《つ》いた結論は異なった。

浜口はタブレットを早々に操作して中西を優等生として指名する。

一方、平田はもう一度パスを選択することにした。

『結果を発表します。浜口くんは中西くんを優等生だと見抜いたため、平田くんはライフを3失います』

浜口の決断と指名は成功し、中西が優等生だったことが明かされる。

「っ……」

まだ守りに入ると思っていた浜口の攻めに、平田は手痛いダメージを負う。

一方大きな先制を取れた浜口だったが、これはかなり無謀な指名だったと安堵《あんど》と共に感じ取る。中西の焦りから優等生だと判断したが、それ以外の配役だった可能性も十分にあったからだ。運も味方した結果に、一喜一憂しないよう気を引き締め直す。

ただ結果として、平田は一気にライフを3つ失い残り2に。

互いに牽制《けんせい》をし、口数少ないまま進行してきた状況での大きな変化だった。

残る優等生は僅か1人。最悪でもそれ以外の役職を見つけなければならない状況に追い込まれた平田は、第4ラウンドが始まりそのことを強く痛感する。

先手を取られることが如何《いか》に、この特別試験で重くのしかかるか、ということを。

ここまでの3回、軽い気持ちで繰り返してきたパス。

それが次はもう迂闊《うかつ》に選択できないところまで追いやられている。

何とか議論が進み大きなヒントを与えてほしい。

焦る中そう願うが、思うようには進行しない。

中西が優等生だと判明した流れと、代表者が指名して議論の場から消えたことが明白になった以上、残る1人の優等生は更に息を潜めて潜伏する。

だからこそ、ここで頼りにしたいのはそれ以外の配役についている生徒だ。

「お互い恨みっこなしでいこうね平田《ひらた》くん」

「うん。もちろんわかっているよ」

低調ながらも議論は進んでいる。

そろそろ新しい情報が出てきてもおかしくない頃だ。

第4ラウンド開始から2分ほど経過した頃、ついに幸村《ゆきむら》が卒業生の配役だと名乗り出る。

幸村は3回配役をチェックしたものの、過去調べた回は全部一般生だったことを告げ、まだ誰が優等生かには辿《たど》り着《つ》いていないと話す。

しかし、これは平田にとっては不幸中の幸い、朗報だった。

名乗り出た幸村の配役を指名すれば浜口《はまぐち》のライフを2削ることが出来る。

もちろん浜口も同様に幸村を卒業生として指名するだろうが、それなら相殺。

次の第5ラウンドに勝負を預けることが可能だ。

後がない平田は、議論終了時にすぐに幸村を卒業生の配役として指名を行う。

だが――――。

『浜口くん、平田くんどちらとも誤った指名を行ったため、ライフを1失います』

幸村を退室させた結果、卒業生の配役ではなかったことが判明する。

優等生を探すため、場の膠着《こうちやく》状態を進めるために幸村は卒業生のフリをしていただけだった。

近くで幸村を見ていれば、あるいは気付けたかもしれない偽りの配役。

平田は焦りから冷静な判断が出来ず優等生を見抜ける卒業生と思い込んでしまった。

それに浜口も釣られてくれたのは救いだったが、それでもお互いのライフは4対1。追い詰められてしまった。議論が開始して間もなく、まだ平田は学年末特別試験の重みを実感できず、どこか浮ついた感情があったが、それがここで一気に重圧となって現れ始める。

慎重な2人の先鋒《せんぽう》から始まった代表同士の戦いは、ここから様子見の応酬が始まった。

幸村が卒業生ではなかったことに疑心暗鬼を深めた参加者たちは一斉に口を閉じ、新しい情報を引き出せず、保留を選択。その結果回ってきた代表者の権利では両者がパス。残った優等生が次々と指名を繰り返し、立て続けに大貫《おおぬき》、牧田《まきた》、東《あずま》を退室に追い込んでいった。

議論終了の条件を満たさないまま、気が付けば参加者は残り6人。

第8ラウンド目へと議論は進行。

そして——

『平田《ひらた》くんは誤った指名を行ったため、ライフを1失います。この時点でライフが0になるため平田くんは退室してください』

無情にも流れるアナウンス。

膠着《こうちゃく》し議論が一向に進まない参加者たちと後の無さから焦りが生じ、勝負に出た平田だったがその結果は空振り。

運に救われた中西《なかにし》の指名成功から、パスを選択し続けた浜口《はまぐち》の勝利となった。

4

代表者同士の対決は、その会話、やり取りが一切公開されない仕組み上、議論に参加する生徒たちは当然のこと、中堅と大将で待つ代表者も似た心境にいた。むしろ不意に出番が訪れることを考えると、より心身の負担が大きいともいえる。

静まり返った待機室。

唯一開示されている情報は、戦う代表者同士のライフの減少だけ。

ジッと見つめるモニターの表記に変動が起こる。

直後代表者が待機するその部屋に、アナウンスが流れ始めた。

『浜口くんの勝利により平田くんが退室致します。中堅の生徒は準備を始めてください』

出来ればまだ迎えたくなかったクラスメイトの敗北。

それを告げる音声を聞き、堀北《ほりきた》はふーっと小さく息を吐く。

「行ってくるわ」

短くそう答え、堀北は隣に座る綾小路《あやのこうじ》に一言声をかけた。

「健闘を祈る」

どこか他人事《ひとごと》にも聞こえる言葉だったが、それで苛立《いらだ》ったりはしない。

綾小路がそういう人間であることは、この2年間でしっかりと学んだからだ。

冷たそうにも思える言葉だが、綾小路は綾小路なりにクラスに貢献してくれている。

今回の特別試験もそうだ。

見返りを求めてきたが、大将としてクラスを勝利に導く役目を背負ってくれた。

だから、堀北は迷わず全力で戦いに挑むことが出来る。

何より隣に座る存在が頼もしかった。

仮に自分が、対戦相手の浜口に敗れることがあったとしても、綾小路ならその後一之瀬《いちのせ》まで倒してくれるのではないか。そんな根拠のない感覚。

しかし、改めてその感覚には甘えるわけにはいかないと気を引き締め直す。

そして待機室を出て、試験が行われる教室へ向かうことに。

途中退室してきた平田と鉢合わせる。

「ごめん堀北《ほりきた》さん……全然役に立てなかった……」

「状況は何となく察することが出来る。あなたが気落ちする必要はないわ」

生徒には向き不向きがある。平田《ひらた》は周囲の生徒をよく観察できている方の生徒ではあるが、間違いなくこういった人を疑うような試験は不向きなタイプ。それを堀北も理解している。

インターバルは10分ある。

負けたクラスは入れ替わる際、ここで擦れ違うことを学校も想定済みのはず。だとすれば、時間の許す限り意見交換をする分には問題が無いということ。

「何か気が付いたことはなかった?」

「そう、だね……。議論の内容はコントロールできないけど、代表者が仕掛けるタイミングの先攻後攻、それが大きな明暗を分ける可能性は高いんじゃないかな」

平田が経験した出来事を語り、それに真剣に耳を傾ける堀北。

「参加者次第で一気に状況が動き出すということね」

確かにコントロールできないところで、話が進展してしまえばどうにもならない。ただ対処が全くできないわけではないと堀北は考える。

「ありがとう。あなたはゆっくり休んでいて」

待機室に戻っていく平田の背中を軽く見送り、堀北もまた歩き出す。

そして浜口《はまぐち》の待つ教室に到着し、扉に手をかけた。

「……こほん」

軽く咳払《せきばら》いをして、手を一度離す。

ここを開ければ後戻りは出来なくなる。

深呼吸して、頭の中を一度空っぽにする。

それから整理した情報を引き出し、扉をゆっくりと開いた。

○葛城《かつらぎ》の逆襲

平田《ひらた》と浜口《はまぐち》による戦いが始まる頃、別室でも代表者たちの戦いが始まろうとしていた。
議論の場に姿を見せた参加者たちをモニター越しに見つめる2人。

第一議論

参加者
2年Aクラス
清水直樹《しみずなおき》　町田浩二《まちだこうじ》　吉田健太《よしだけんた》　福山《ふくやま》しのぶ　元土肥千佳子《もとどいちかこ》　矢野小春《やのこはる》　六角百恵《ろっかくももえ》
2年Cクラス
園田正志《そのだまさし》　小田拓海《おだたくみ》　山田《やまだ》アルベルト　吉本功節《よしもとこうせつ》　磯山渚沙《いそやまなぎさ》　山下沙希《やましたさき》　木下美野里《きのしたみのり》

Aクラス対Cクラス、その先鋒《せんぽう》を任された西野《にしの》対真田《さなだ》の構図。
「よろしくお願いします。西野さん」

教室で2人きりになると、真田は僅かな緊張を胸に、西野に丁寧な挨拶をして先に席についた。同級生相手にも丁寧な口調を心がけている真田は、倒すべき敵を前にしてもいつもと変わらぬ対応を見せる。一方の西野は、真田のようなタイプをあまり好意的には見ていない。自分がガサツな性格をしていると自認しており、敬語は苦手でため口が主体。だから堅苦しい言葉遣いの人間とは相性が悪いと決めつけている。

しかし、そんな好き嫌いの気持ちも今はどこへやら。細やかな感情よりも、大舞台の先鋒を任されたことで大きな緊張が抜け切らず、身体《からだ》は硬直しきっていた。龍園《りゅうえん》たち不良を相手に物怖《ものお》じしない西野も、こういった真面目な試験での雰囲気には全く慣れていない。先鋒とはいえクラスの勝負の一翼を担っている。重圧を感じずにはいられなかった。

自分には関係ないと思っていた代表者。龍園による前触れのない抜擢《ばってき》。安請け合いしてしまったことを酷《ひど》く後悔していた。椅子に座ることも忘れ、立ち尽くす西野を見れば平常心でないのは明らか。真田は助け船を出すべきか少しだけ迷いを感じた。

「西――――」

名前を呼び掛けて、グッとその先を堪《こら》える。その不用意な優しさは自身の首を絞めかねないと思い直した。対戦相手がこの場に呑《の》まれているのなら、それを利用しない手はない。真田は罪悪感を抑え込みながら、静かに深呼吸を繰り返す。

西野がようやく椅子に座る頃、それを待っていたかのように試験が動き出した。

『今から議論がスタートします』

そんなアナウンスと共に、モニターから音声が流れ始める。

『これより学年末特別試験を開始します。タブレットに各生徒の配役が表示されます。確認を行ってから第一回目の議論を始めてください』

無機質に並べられたモニターの向こうで参加者たちが着席している。そして心を落ち着ける暇もなく、始まってしまう議論。緊張が微塵《みじん》も解けず視野の狭くなってしまっている西野《にしの》は、真田《さなだ》の様子を一度も確認することなくモニターを見つめ続ける。

「あ、あれ……もう全員配役の確認は終わったわけ……？」

西野は直前に行われていた参加者たちが配役を確認している場面が思い出せない。いつの間にか議論が始まっているように思え、軽いパニックを起こす。

だが目の前の映像はリアルタイムで進行しており、一時停止や巻き戻すことは不可能。慌ただしい参加者たちの会話が、西野の耳に嫌でも届き続ける。右から左へ。会話を頭に留《とど》めることもできず、会話の内容を理解することも儘《まま》ならない。

『これより指名かパスを行ってください。制限時間は1分です』

「は？　もう、えっと、5分経《た》った……？」

訳も分からぬまま第1ラウンド終了の合図が告げられてしまう。西野は条件反射的に慌てててタブレットに視線を落とす。画面にはずらりと並ぶ14人の名前。

何も分からなければパスをするのが常套手段《じょうとうしゅだん》に思えるが、西野は混乱した思考のまま生徒の名前を見続ける。指名の制限時間は当然止まることなく刻まれていく。

そして吉田《よしだ》の名前のところに焦点が合ったところで、先ほどの議論を思い返す。

ほとんど記憶に残っていないが、どことなく怪しかった気がする。

曖昧な記憶が、やけに鮮明に脳裏をよぎった。

本当かどうかも分からない吉田の挙動と会話が、優等生だと物語っているように感じられた。気が遠くなりそうな、くらくらとする感覚に苛《さいな》まれながらタブレットを操作する西野。何とか時間が経過する前にタブレットの操作を終えるも————。

『西野さんは誤った指名を行ったため、ライフを1失います』

いきなり優等生を指名に行く無謀な行動。その結果ライフを1つ失う。真田は、そんな西野の様子を無言で見守り、後追いはせず冷静に指名を回避していた。

「優等生じゃなかったんだ……え……全然分かんないんだけど……」

焦る気持ちからか、大きな独り言が真田の耳にも届く。優等生による指名では教師が効力を使ってブロックに成功したため、このラウンドは退室者が1名に留まる。

13人へと参加者が減った状態で2ラウンド目の議論が始まるも、西野は結局1ラウンド目とほとんど変わらぬ精神状態のまま、改善の余地を見せず時間を無為に過ごす。

どうすればいいのか分からない西野はここで初めて、モニターとタブレットの往復から目を離し、真田《さなだ》を見る。その視線に気付いた真田は西野《にしの》の視線に気付かないフリをして、あたかもこれから指名をするかのように演技を混ぜながら続けてパスを選択した。

けして演技が得意な真田ではないが、今の西野には十分効果的だった。

それを裏付けるかのように、西野は再び根拠のない指名を強行する。

『西野さんは誤った指名を行ったため、ライフを2失います』

またも配役を誤って指名してしまった西野。第1ラウンド目と全く同じ流れだがより傷口が深い結果となってしまう。指名された福山《ふくやま》の退室が決まる。

これで西野はライフを合計3つ失い、優等生だけでなく、真田に特定の配役を指名された時点で敗退が決まってしまう位置にまで呆気《あっけ》なく後退した。

このままパスを主体にして戦えばいいと判断する真田。

西野が自爆して敗退してくれる可能性も考慮に入れての判断だ。

しかし第3ラウンドに突入した時、西野はもう指名をする勇気を大半失っていた。

そのため両者パスとなり優等生による指名で磯山《いそやま》が指名され退室する。

ここまで参加者たちの議論を見ていた真田は、モニターを見つめる西野の視線の先が、ライバルクラスであるAクラスの参加者たちばかりであることに気付く。

Aクラス対Cクラスという絶対の構図に囚《とら》われ全体を見ることが出来ていない。

だが真田は議論に参加している生徒がどのクラス所属であるか分けて考えることも重要

なのだと気付き、あえてCクラスの生徒に着目することを捨てる。西野がAクラスだけを見てくれているのなら、生徒を良く知る真田に圧倒的な分があるためだ。

そんな矢先の第4ラウンド。議論の中で大きな動きが発生する。

ここで卒業生役を名乗り出た清水《しみず》が木下《きのした》は優等生ではなかったと発言した。

だがそのタイミングで吉本《よしもと》が、自分が本当の卒業生だと名乗り出る。そして木下が優等生だと報告した。この時点でどちらか、あるいは両方が嘘《うそ》をついていることが確定する。

やってくる四度目の代表者による指名の時間。

ここで、真田は制限時間をギリギリいっぱい使って4度目のパスを選択する。

指名したくなるところだが、断定するには至っていないためだ。一方、後のない西野にしてみれば、やっと出てきた貴重な情報。無駄に手放したくはない。真田が配役を見抜いていれば負けてしまう可能性が高く、危険でも指名は強行するしかない。

先に名乗り出た清水に対し卒業生だと言い切れればいいが、万が一のことを考え役職有の評価に留《とど》める選択をする。

その結果は――

『西野さんは誤った指名を行ったため、ライフを2失います』

自称卒業生だった清水の正体は優等生。大きな自爆となってしまった。一方真田は、ライフを1つも減らすことなく先鋒《せんぽう》の西野を倒すことに成功する。

『この時点でライフが0になるため西野《にしの》さんは退室してください』

「何なのよ、わけわかんない……！」

試験と自分に苛立《いらだ》ちながら、西野は悔しさを感じる間もなく退室を命じられる。

「ふう……相手が西野さんで良かったけれど……」

結局、一度も指名に踏み切ることなくパスだけで勝利した真田《さなだ》。

「僕が勝つためには、とにかくじっくり行くのがベストですね……」

数回の議論を見た上で、モニター越しに真実と嘘《うそ》を見抜くのが簡単ではないと悟っていた。次も落ち着いて取り組むよう心構えを作りつつ、次戦の戦いを同室で待つ。

しかしインターバルの間、複雑な感情がふつふつと真田を襲い始める。

西野に完勝した事実を、手放しで喜ぶことが出来ない。

この学校に来て2年、未《いま》だに勝つということに素直に慣れない。

光と影、裏側には必ず敗者がいる。

その現実を直視することを真田は苦手としていたためだ。

「いけませんね、これじゃ……クラスのためにも頑張らないと……」

それから更に5分ほど経過したところで、龍園《りゅうえん》クラスの中堅が室内に足を踏み入れた。

暗い気持ちを振り払い、真田は立ち上がるとその人物に笑顔を向ける。

「葛城《かつらぎ》くん。よろしくお願いします」

西野に対応した時と同様に丁寧な口調で挨拶をする真田。

「こうして2人で話すのは久しぶりですね」

「そうだな。最後に話したのはもう随分と前になるか」

向かい合う2人。Aクラスで同じ教室を学び場にしていた頃、特別仲が良かったわけではないが仲違《なかたが》いもしていなかった。所謂《いわゆる》普通のクラスメイト同士。

「今回の特別試験のルールを聞いた時、君は必ず代表者になると思っていました」

その言葉を聞いて歩みを止めた葛城は、真田の表情を見て意思を感じ取る。

「西野は楽に倒せたようだな」

「……楽というか、僕は特に何もしていません。ただ彼女が試験に呑《の》まれたようですね。議論が始まる前に1つ聞きたいんですが、どうして西野さんが代表になったんですか？　葛城くんのクラスにはもう少し代表に相応《ふさわ》しい生徒がいたかと……。もちろん西野さんは頑張っていたし、良いところも沢山あると思いますが……」

けして西野を下に見ているわけではないと念を押す真田だが、適任者は他にいるという疑問がどうしても残っていた。代表者の代理の可能性も考慮に入れていたが、龍園クラスからは欠席者が1人も出ていなかったためその線も消えている。

「さてな。俺に聞かれても答えようがない。代表者を選んだのは龍園だからな」

「なるほど。じゃあ葛城くんを倒せば僕が答えを聞けるということですね」

「そういうことだ」

葛城《かつらぎ》は再び歩き出し自らの用意された席に、ゆっくりと腰を下ろす。

「だが簡単にはいかないと思った方がいい。おまえが龍園《りゅうえん》に西野《にしの》起用の理由を聞きたいと思っているように、俺もその先に待つ坂柳《さかやなぎ》に用があるからな」

真田《さなだ》と、そして次に控えている鬼頭《きとう》を倒すという葛城の宣言。

「お手柔らかにお願いします」

程なく静まり返った室内。以後両者の間に一切の私語はなくなり、議論開始の合図を待つことになった。

第一議論

参加者

2年Aクラス
里中聡《さとなかさとる》　司城大河《つかさきたいが》　杉尾大《すぎおひろし》　森重卓郎《もりしげたくろう》　谷原真緒《たにはらまお》　塚地《つかじ》しほり　山村美紀《やまむらみき》

2年Cクラス
伊吹澪《いぶきみお》　井上都亜《いのうえとあ》　岡部《おかべ》ふゆ　鈴平美羽《すずひらみう》　諸藤《もろふじ》リカ　矢島麻里子《やじままりこ》　夕部《ゆうべ》よしか

『第一回目の議論を始めてください』

準備が整うと、沈黙を破るようにモニターの音声が繋《つな》がり、そうアナウンスが流れた。

参加者全員を様々な角度から捉えた多数のモニター。

両者はそのモニターを無言で凝視し、14名による議論に耳を傾ける。

これまでの議論から参加者は全て変わり、新たな参加者は初めての議論という状況。

つまり状況は第一議論と全く変わらず、手探りによるぎこちない進行だった。

そのため、誰が何の配役を担っているかを見定めるのは簡単ではない。

牽制《けんせい》、探り合い、濃密な5分間。特に1回目の議論で得られるヒントは少ないが、それでも瞬《まばた》きすら惜しみ凝視する。真田は先ほどの西野との戦いで、後半は自クラスの生徒だけに注目したが、今回は基本に立ち返り全体を見ることを選んだ。

長いようで短い議論の時間が終了し、代表者たちの時間がやってくる。

『これより指名かパスを行ってください。制限時間は1分です』

訪れる1回目の指名。真田は余程露骨な情報でも出てこない限り、西野を完封した時と同じ戦略を取ることを決めていた。

下手に指名を急げば、西野のように自滅してライフを損失する可能性が高い。

真田のライフは無傷の5つ。先鋒《せんぽう》は中堅よりも余裕はないが、それでもライフがしっかり残っていることは大きな要素だ。万が一葛城《かつらぎ》が優等生を当ててきたとしてもライフは2つも残る。2つ残れば、相手に反撃をするチャンスが残される。

ただしここでも急いでパスを選択したりはしない。

じっくりと考える間を作りながら、指名するぞと臭わせていく。

一方、これが初戦となる葛城はそんな真田《さなだ》への視線を隠すこともなく凝視。

「先に試験を経験している分、有利——か？」

「どうでしょう。ですが、今の議論からでも得られる情報は確かにあったかなと」

少ないヒントをものにした、そんなアピールを混ぜる。

だが慣れない演技が仇《あだ》となったのか、葛城はその言葉に一瞬目を細めた。

真田の出方、何を考えているのか、どんな戦略なのかを読み取る。両者共にタブレットの操作を完了させず、指名可能な時間のカウントだけが刻まれていく。

「指名するかどうか悩んでいるのか？」

画面の上で指先が止まっていることを指摘する葛城。

「そうですね。引っかかる参加者もいますし、ここは思い切って指名するのも選択かと」

時間をいっぱいいっぱいまで使い、自分は指名を検討している生徒だと演じ続ける。

それで葛城が触発され、慌て、指名に走ってくれることを期待して。

「葛城くんはどうするか決めましたか？」

「それは答えられないな。だが先に西野《にしの》と戦っている分、おまえの方が勝手を分かっているのは確かなんだろう。気兼ねなく指名すればいい」

もし先制パンチを決められると苦しくなる特別試験で、指名を促してくる葛城。

まだ特別試験の本質を理解していないのか、それとも理解していての発言なのか。

真田は考えつつも、タイムリミットが迫ると同時に肩の力を抜いた。

「いえ、止《や》めておきます。少なくともまだ絞り切ることは難しいように思えました」

タブレットの操作をパスで終えると、程なく葛城もタブレットの操作を完了させる。

慌てず第2ラウンド以降、叩《たた》けばいいと真田は内心で自己の判断に頷《うなず》く。

ところが――――。

「そうか。だったら遠慮せずいかせてもらおうか」

「え……？」

『結果を発表します。葛城くんは森重《もりしげ》くんを役職有と見抜いたため、真田くんはライフを1失います』

受けに回ると思われた葛城だったが、第1ラウンドで指名を強行し的中。

アナウンスが流れ、第2ラウンド前に真田のライフは1消失する。

「どうして……分かったんですか」

「むしろ、どうして分からなかったんだ真田。森重はおまえのクラスの生徒だろう」

モニターを見つめていた葛城《かつらぎ》が最初の5分間目を注いだのは、自分のクラスの生徒ではなく坂柳《さかやなぎ》クラスの生徒だけだった。真田《さなだ》は龍園《りゅうえん》クラスの生徒をほとんど知らず、5分程度の時間では生徒の癖を見抜くことは難しい。

最初は全体を見ることが必ず正しいとの思い込みで、視野を広げてしまっていた。

「参加者の中にも怪しんでいる生徒はいたが気付かなかったようだな」

やっていることは西野《にしの》と同じだが、その精度は段違いだ。

「……視野を丸々半分捨てたんですか」

「俺が選んだ議論のグループはそれなりに演技が出来る者たちだ。最初の5分で簡単に尻尾を出すようなことはしないと踏んだまで。逆にそっちはそうでもなかったな。自分には特別な配役を与えられた、そう森重《もりしげ》の顔に書いてあったのを見落としたのか？」

実際、森重は入室時から落ち着きがなかった。

かといって誰か特定の人物と目を合わせるわけでもなく、ただ時折口角を上げていた。

誰の配役を見破ろうかと吟味していた森重の様子を、Aクラスの参加者だけに注目していた葛城は見落とさなかった。無論確実な保証はどこにもなく何の配役かまでは絞り切れない。だが葛城は初手でライフを削る重要性を優先し、役職有の指名に至った。

「上手《うま》くやられてしまいましたね。でも次はそうはいきません」

気を引き締め直した真田は第2ラウンドが始まる前のモニターを強く見つめる。

だが波立つ心は、どこを見るべきかまだ定め切れていない。

葛城がやったようにAクラスだけを見るべきか。

それとも情報が少ないからこそCクラスを注目すべきか。

あるいはもう一度全体を注意深く観察するべきなのか。

方針が定まらないまま、再び5分間の議論がスタートしてしまう。

「消化にかかった時間、そしておまえが完封勝ちしたことからも、その戦略は大体予想できる。大方1度も指名することなく西野の自爆で終わったんだろう？」

鋭い指摘に真田は苦笑いを浮かべることしかできず、始まっている議論に集中しているつもりだが、どうしても雑念が多く紛《まぎ》れ込んでくる。そして5分が経過する。

『これより指名かパスを行ってください。制限時間は1分です』

「俺はパスだ」

アナウンスが流れると同時に葛城はわざわざ公言し、タブレットを瞬時に操作し終えてしまう。その発言と行動が本当なのか嘘《うそ》なのか、真田は考えを巡らせる。

「……難しい判断を強いられますね」

議論で新しい情報が明確に出たわけではなかったが、僅かに気になる生徒はいた。葛城がその気付きを見落としていたとは考えにくい。最初の決断を踏まえれば、役職有で続けて指名する可能性もあるのではないか。つまり嘘の線も捨てきれない。

「…………」

先手でライフを削られることは思いの外、心にダメージを負わされると知る真田《さなだ》。

なら、ここで多少のリスクを冒してでも自分も攻めるべきところではないか。

そんな心理状態が働く。

指名する者はどんなに最悪の展開を引いても、ライフを1か2しか失わない。

「葛城《かつらぎ》くんが一歩引いたのなら———こちらは行かせて頂きます」

そこで、1ラウンド目の葛城のように攻めの姿勢を見せることを決意し指名を決断。

12人に減った参加者。1人は確実に役職有の者が消えたが、十分に勝機はある。あとは

優等生を狙うのか、無難に役職有に留《とど》めるのか。それとも特定の役職を狙い撃つのかだ。

ここは形勢を互角にするため、優等生を当ててライフを3つ削りたい。

2年Cクラス諸藤《もろふじ》リカ、優等生、確認。タブレットで操作、決定ボタンをタッチする。

送信後、判定のために僅かに訪れる静寂の時間。そして……。

『真田くんは誤った指名を行ったため、ライフを2失います』

「っ……違いましたか……」

結果は無情にも空振り。諸藤が悔しそうに退室していく。

特別な配役だという読みが当たっていただけに悔しい結果に終わる。

ライフを2まで減らすことになった。

「らしくないな真田。不確定な情報で踏み込むとは、いつものおまえらしくない」

　まるで今もクラスメイトだといった感じで話す葛城。

「諸藤さんの仕草が、少し怪しかったものですから」

「確かにそうかも知れない。だが、諸藤のことをどこまで知っている。恐らくは何も知らないんじゃないのか？　その仕草がどこからくるものなのか、よく考えた方がいい。もし諸藤が優等生だったなら、仲間がいるということ。１人か２人かで諸藤の心境は大きく異なっていたはずだ。俺なら攻めるとしても役職有に留めただろう」

　指導に近い発言を受けつつも、真田は乱れる心を何とか抑えつける。

　確かに安くないミスだが、それでも真田のライフはまだ尽きていない。

　次のラウンドで指名を成功させれば、相手に深手を負わせることは十分に叶《かな》う。

　ところが――――。続く第３ラウンド目。井上《いのうえ》と谷原《たにはら》の女子が根拠のない話の流れから優等生の押し付け合いを始めてしまう。どっちが怪しい、怪しくないとただ言い合うだけの応酬。そこから更に広がっていく無関係な話題。

　突然議論が取っ散らかってしまうが、この議論の場で無関係な話をしてはならないというルールはなく、規定に触れるルール違反でもとらない限り中断されたりはしない。

　真田はここでは無茶《むちゃ》は出来ないと、やむなく第３ラウンド目はパスを選択。一方の葛城は目立つ２人ではなく、あえて塚地《つかじ》を役職有で指名するが、それは空振りに終わりライフを7から6に減らす。その後、優等生からの指名で井上《いのうえ》か谷原《たにはら》が消えるかと思われたが、どちらでもない里中《さとなか》が退室を命じられる。第4ラウンドも大半の時間が井上と谷原の会話で終了。そしてここでもどちらでもない岡部《おかべ》が優等生に選ばれ退室となった。

これで残った生徒は7人。

だが議論の進展がほとんど見られない以上、どうしようもない。

代表者が役職有と指名した参加者は役職を持っていたかどうかが分かるが、優等生が退室させた生徒は一般生なのかそれ以外の役職なのかも開示されることはない。

つまり、現状どれだけの役職者が残っているのかを断定することは出来ない。

ここで勝負に出たい真田《さなだ》だったが、今は1つのミスが重くのしかかる状況に変わっている。もう1ラウンド様子を見たい。そうすれば今度こそ絞り込めるかも知れない。

そんな感情が前のラウンドよりも押し寄せてくる。

きっと葛城《かつらぎ》も似たようなことを考えているはず。そう勝手に都合の良い展開を想像する。

押し寄せる、パスをしたいという感情。その感情に押し流され、画面に表示されたパスをタッチし、選択。最終確認画面の2択が表示された。

「どうやらパスを選択したようだな。なら、ここは攻めさせてもらうとしようか」

あと一回タッチすればパス確定のところだったが、葛城のその言葉に指先を止める。

真田がパスを完了したと勘違いしての、先走った報告だった。

　ここで葛城が勝負に出た以上、正解されれば真田に攻撃のターンはもう回ってこないかも知れない。慌てて確定画面手前まで進んだ操作を取り消し、暫定で考えていた生徒の名前、そして手堅く役職有とタッチして確定させる。

『真田くんは誤った指名を行ったためライフを2失います。この時点でライフが0になるため真田くんは退室してください』

　アナウンスが流れ、葛城の発言と結果の矛盾を知る。

「優等生……ここも裏目に出ましたか……。でも葛城くんの正否はどうなったんです？」

「賢い選択をしているようで、状況に振り回される形になったな真田」

「……どういう意味ですか」

「俺は今回パスを選択したということだ」

「え……？」

「先ほどの発言は嘘《うそ》だ。俺としてはこちらが攻めるより攻めてもらう方がありがたいと踏んだまで。読み切れなかったようだな」

「……そうですか。そんなことにも気付かなかったんですね、僕は」

　力なく答えた真田。今になって自分の心拍数がずっと速まっていたことに気付く。最初は自分より緊張していた西野《にしの》がいたため気付かなかったが、自身も相当な緊張状態だった。

　少しでも葛城のライフを削り、あわよくば勝利をと考えていた真田だったが、覚悟を決めた葛城《かつらぎ》の判断には無駄がなく的確で、そしてスタートで勝負にも出る勇気もあった。

全てを上回られたと感じた真田《さなだ》は為《な》す術《すべ》もなく、葛城の前に敗れ去る。

こうして入れ替わる形で退室した真田を見送った後、一息つく葛城。

「失ったライフは1。問題はない……このまま冷静に進めて行けばいい……」

腕を組み、葛城は高ぶりそうになる感情を抑え込む。

仇討《あだう》ちなどと、偉そうなことを考える前にやるべきは相手の中堅を倒すこと。

大将である坂柳《さかやなぎ》を引きずり出してから、存分に感情を高ぶらせればいい。

1

ぬるりと、静かに姿を見せた鬼頭《きとう》は葛城を一睨《にら》みして席に着く。

両者一言も交わすことなく、静かな立ち上がりを見せるかと思われた中堅同士の戦い。

しかし状況は、瞬く間に動き始める。

第1ラウンドが終了した直後、パスをする葛城に対し鬼頭は迷わず指名を強行。14人の中に2人紛《まぎ》れている優等生を、何のヒントもなく狙いにいく賭けに出た。

『鬼頭くんは誤った指名を行ったため、ライフを1失います』

告げられるアナウンス。軽く舌打ちをした鬼頭だが、その表情に陰りは見られない。

その確率は約14・3%。高いリスクを取ってライフを奪おうとしただけのこと。

ミスをすることが織り込み済みであるからこそ、落ち着きを失わない。

「おまえらしいが、随分と思い切ったな鬼頭。だが次はどうする」

「そんなことは決まっている。前に突き進むのみ……」

瞬く間にライフを1つ失ったが、強気の言葉通り更に続く第2ラウンドでも鬼頭は優等生の指名を強行する。今度の確率は約16・7%。

『鬼頭くんは誤った指名を行ったため、ライフを2失います』

それも空振り。しかも狙った生徒は教師か卒業生でライフを2失う。

暴挙とも言える連打に、葛城も僅かに息を呑《の》む。

「これでライフは後4。それでもまだ無茶《むちゃ》な指名を続けるつもりか？」

「……当然だ」

「おまえにとってこの特別試験の内容は明らかに不得意なもの。喜ばしいものじゃなかっただろうからな。取れる選択は自然と限られてくると思ってはいたが、特攻のような真似《まね》をするとは。坂柳の許可は取っているのか？　それとも坂柳の指示か？」

問いかけにあえて鬼頭は答えない。今回の戦略は一度でも指名を成功させれば御の字だと、まさに葛城の指摘通り坂柳が授けたものだったからだ。

自ら代表に志願した以上、どれだけ苦手でもやるからには成果が求められる。1回の指

名による命中確率はけして高くはないが、空振りをしても失うライフは1か2。それなら

相手が指名に動き出す前に試行回数を増やすことが、今の鬼頭《きとう》に出来ること。

やることは最初から決まっている。それでも上手《うま》くいかなければ当然腹も立つ。タブレットが置かれている机を、力強く叩《たた》き苛立《いらだ》ちを見せる。葛城《かつらぎ》は荒ぶる隣人を無視して、推理を進めるべくモニターだけに注力を続ける。

一方、鬼頭は会話を聞き流しほとんど推理などしていない。ただ喜怒哀楽だけを見て、それらしい反応をした生徒だけを探し出す。第3ラウンドでも鬼頭は誤った指名をしてしまいまたライフを1失う。これで残るライフは3に。自滅でライフを減らし続ける。

続く第4ラウンド。ここでも怯《ひる》まず鬼頭は優等生だけを狙い指名を行う。

それを受けて葛城は、一度はパスを視野に入れるもいったん思《おも》い留《とど》まった。

ここまで3回指名を外して来た鬼頭だが、分母が減るに連れて少しずつ当たり確率は上昇している。今度こそとばかりに、25%を当ててくる可能性もある。

鬼頭が過去3回指名した生徒の傾向を掴《つか》んでいた葛城は、その傾向の生徒の中に優等生の可能性があると絞り込んでいた人物がいるか考え、1名該当する候補者を見つける。

もし鬼頭がその1名を強行指名したとしても、葛城も同様に指名をしていれば引き分けに持ち込める。外していても失うライフは1か2で済む。様々な角度から考慮し、本来ならあと1ラウンド様子を見たいところ、葛城も貪欲に勝利を掴むべく勝負を仕掛けた。

その結果は……。

『結果を発表します。葛城くんは山脇《やまわき》くんを優等生だと見抜いたため、鬼頭くんはライフを3失います。この時点でライフが0になるため鬼頭くんは退室してください』

ライフ7を持つ中堅の鬼頭が、大きな一撃を当てられず4ラウンドで敗れ去る。

「何故《なぜ》……クソっ!!　何故貴様に当てられて俺に当てられない!!」

今まで以上に強く机を叩きつけ、怒りを露《あら》わにする鬼頭。

「無策で勝てる試験じゃない。俺は全員を知るからこそ、手堅く戦うことが出来る」

葛城の高い精度を支えていたのは、坂柳《さかやなぎ》、龍園《りゅうえん》クラス両方に所属していた経験。

一時はAクラスのリーダーとして采配を振り、クラスメイトを詳しく見ていた。

だからこそ、参加者の表情、口調、仕草を、全体を通して見抜くことが出来ている。

「退室だ鬼頭」

睨《にら》みつける鬼頭に、葛城が言い放つ。

しかし鬼頭は動かない。座ったまま、2回、3回と机に拳を叩きつける。

『鬼頭くんは速やかに退室してください』

催促するアナウンスが入るも、やはり鬼頭は腰を上げず、葛城を睨み続けるだけ。

「遅延行為をしても意味はない。勝敗は決した」

その言葉がトリガーだった。

鬼頭《きとう》が曇った怒りの声を漏らしつつ、立ち上がると葛城《かつらぎ》の前に立つ。

「出口は逆だぞ」

「葛城……！」

名前を呼ぶと、長い腕を伸ばし葛城の胸倉を掴《つか》む。

殺意にも近いその怒りを正面から受け止めて、葛城も立ち上がり眼光を直視する。

「止《や》めておけ。暴力行為は固く禁じられている」

慌てず、冷静な口調で鬼頭を諭す葛城。

しかし鬼頭の腕に込められた力は緩まず、放す兆候が見られない。

「おまえの実力は評価している。だが今回の特別試験の代表者としては向いていなかっただけのこと。それだけだ」

鬼頭が葛城に負けたことに対する自身への未熟さを感じつつ、苛立《いらだ》ちを堪《こら》えきれなかったのには確かな理由があった。いや、正確には苛立ちを抑える必要がなかったのだ。

『直ちに手を放し距離を取りなさい。これ以上の行動が僅かでも見られた場合、鬼頭くんの行為を暴力行為と断定いたします』

担当官からの機械的な言葉がスピーカー越しに聞こえる。

赫怒《かくど》する状態だったが、ここが限界と感じ、怒りを堪え震える手を葛城の胸元から放す。

「……ここは俺の負けだ……」

苦々しくもそう呟《つぶや》き、鬼頭《きとう》は葛城《かつらぎ》に背を向けると、やや乱暴に扉を開け放つ。

「俺への怒りかとも思ったが、おまえもその先の龍園《りゅうえん》を見ていたのか？　鬼頭」

去って行く敗者にそう語りかけるも、鬼頭は勢いよく扉を閉め退室する。

葛城はその背中を見送った後、1人取り残された室内で一息つく。

具体的にどんなやり取りがあったのか葛城は把握していないが、他クラスという理由以外にも鬼頭は龍園を強く敵視している傾向があった。

葛城を倒し自ら龍園に鉄槌《てっつい》を下す、そんな目標を掲げていたのだろうかと察した。

次に対戦する代表者が登場するまで10分のインターバルが挟まれる。

「何とか辿《たど》り着いたか────」

次にあの扉を開けて入ってくるのはAクラスの大将を務める坂柳有栖《さかやなぎありす》。

入学時、同じクラスで学びリーダーの座を争った相手。

真田《さなだ》や鬼頭の時のようにはいかないだろう。そう覚悟を決めた。

そして、ついに葛城の待ち望んだ時がやって来る。

「ライフを1つ失っただけで、こちらの先鋒《せんぽう》と中堅を倒されるとは驚きです」

気負った様子など一切ない坂柳が、静かに姿を見せた。

「鬼頭を代表者に抜擢《ばってき》したことは明確な失敗だったな」

「龍園くんを直接下したいという彼たっての願いでしたので。それに、この特別試験は大将さえ倒されなければ問題ありませんから。どんな内容の試験であれ2枠は捨ててしまっても問題は無いと判断していた。それだけのことです」

「結果、そうした慢心が敗北に繋《つな》がるかも知れない」

「フフ。まずはあなたを褒めて差し上げます。少々見直しましたよ葛城くん」

唯一2クラスに在籍経験のある生徒だとしても、葛城がここまであっさりと真田、鬼頭を倒すとまでは思っていなかった。そういった結果から贈られる賛辞。

それを受け、葛城は粛々と思い募っていたことを言葉に出す。

「俺はこの日のために――仇《かたき》を討ち取るために邁進《まいしん》してきた」

「仇討《あだう》ち？　なるほど、私が退学に追い込んだ戸塚弥彦《とつかやひこ》くんのことですね？」

葛城は膝の上に置いた拳を強く握る。それが答えだった。

「以前の私なら、葛城くんの気持ちを汲《く》み取《と》ることは難しかったでしょう。しかし今なら少しは分かります。もっと別の方法で退学者を選定すべきだったかも知れません」

「抜かせ。考え方が変わったとでも言うつもりか？」

「どう受け取って頂こうと構いません。あなたの怒りは結構なことですが、復讐《ふくしゅう》は叶《かな》いませんよ。私が出てきた以上、ここからはあなたの思い通りにはならない」

Aクラス在籍中、リーダーの座を追われた過去からも、坂柳の実力を葛城も不服ながら評価している。今回の学年末特別試験のルールは坂柳が得意とする分野であることは疑いようがない。しかもライフは6対10と不利な状況。
それでも葛城《かつらぎ》は、肉を切らせて骨を断つつもりでこの席に座っている。
『では次の議論を開始する――』
アナウンスが入ったタイミングで両者口を閉ざすと、改めて姿勢を正す。
葛城VS坂柳《さかやなぎ》の戦いが始まる。

○悔し涙

インターバルで設けられている10分間のカウントが始まった。

モニターでは1秒1秒デジタルタイマーの時間が減っていく。

浜口《はまぐち》を無傷で破った堀北《ほりきた》は、中堅の神崎《かんざき》を椅子に座って待ち受ける。

神崎が10分以内にやって来たとしても、このカウントが0になるまでは実質休憩時間となる。その間、堀北は特別試験のルールを今一度頭の中で整理していた。

中堅に与えられたライフは7。相手のミスを除き、1度に削れるライフは3まで。

先手を取りたいのはごく自然の考えながら、早い段階での指名にはリスクも伴う。

かといってパスを連投すれば後手に回ることも事実だ。

実際に平田《ひらた》は、守備重視の立ち回りを心がけようとしたことが敗因に繋《つな》がった。

神崎隆二《りゅうじ》がどんなタイプかを想像する。

基本的には平田や浜口と同じで守備を重視してくるように見えるが……。

「でも、流れを変えるために攻勢に打って出る可能性も十分あるわよね……」

頭の中の言葉が、思わず漏れ出てしまう。

相手が自傷覚悟で連続指名をしてくれれば全てを避けきることは難しくなる。

そうなれば大将戦の戦いはより厳しくなるだろう。

何とか神崎《かんざき》を無傷で倒せないか、アイデアを絞り出そうと頭の中を回転させた。

ただ、どれだけ考えを張り巡らせても出来ることは限られている。

結局のところ、先に配役を見抜く目がモノを言うのか。

あるいは、上手《うま》く誘導してパスを誘発させ続けることが出来れば……。

次なる戦いの方針が固まらないまま、教室の扉が開き神崎が姿を見せる。

タイマーの残り時間はあと4分を切ったところだった。

神崎は無言のまま教室を一度見渡して、空いた自らの席に座ると一息つく。

「よろしく」

一応の挨拶をしておこうと堀北《ほりきた》がそう言うと、神崎は表情険しく堀北を見た。

「綾小路《あやのこうじ》を大将に据えたのは誰のアイデアだ」

「いきなりな質問ね」

「堀北か？　それとも綾小路か？　どうして綾小路は受けた。いつから決まっていた」

食い入るように視線を向けつつ、質問の域を超えてそう問いただしてくる。

「誰が誰をどんな理由で、そしていつ大将にしようとこちらの自由でしょう？」

「俺の知る綾小路は自分から表に出る性格じゃない。誰かが担ぎ上げたんじゃないのか」

「どうかしらね。彼だって少しずつ変わっているんじゃないかしら」

言及こそしないが、堀北は綾小路からの大将として出たいという希望、提案を受け入れ中堅に座っている。無論その背景には後々表に立ちたくないという思いも含まれているので、神崎の知っている綾小路像と大きくかけ離れているわけではないが。

「もういいかしら？　試験に集中したいの」

「……そうだな」

議論の始まりを告げるアナウンスが流れ、堀北はタブレットに目を落とす。

そして組み上げたグループから新しいグループを選択する。

ラウンドが進むほど参加者たちの配役は話し合いで露呈するのが自然だが、話し合いが上手で優秀な生徒たちほど、自分の配役を隠すのも上手い傾向にある。

一方で嘘《うそ》が下手だったり話し合いを得意としない生徒はその逆。見抜かれにくい生徒を選択するか見抜かれやすい生徒をあえて選択するか。代表者によって好みは変わるだろう。

7つに分けられたグループを選ぶ段階から勝負は始まっている。

第一議論
参加者
2年Bクラス

伊集院航《いじゅういんわたる》　須藤健《すどうけん》　三宅明人《みやけあきと》　市橋瑠璃《いちはしるり》　小野寺かや乃《おのでらかやの》　西村竜子《にしむらりゅうこ》　松下千秋《まつしたちあき》

2年Dクラス
渡辺紀仁《わたなべのりひと》　米津春斗《よねづはると》　墨田誠《すみだまこと》　新垣樹《あらがきいつき》　井口真白《いぐちましろ》　姫野ユキ《ひめの》　二宮唯《にのみやゆい》

堀北《ほりきた》が選択したのは落ち着きがある生徒、度胸がある生徒、あるいはポーカーフェイス、そういったメンバーを集めた、議論に向いた7名の戦えるグループ。

モニターでは、指示に従い参加者たち14名が円卓の席に腰を下ろす。

机に置かれたタブレットには今、参加者自らの配役が表示されている。

両代表者は全てのモニターに目を凝らしながら、挙動不審な生徒や特定の生徒と目を合わせる参加者がいないかなど隈《くま》なくチェックを行う。

しかし、露骨な態度を見せる生徒は1人もおらず、真顔で周囲の様子を窺《うかが》う手堅い行動を取る生徒ばかりだった。

堀北はふと、画面の向こうで冷静な表情を崩さない須藤を見て嬉《うれ》しさを覚えた。

昔なら今回のようなグループの候補者になることすらなかっただろう。

2年間で随分と成長したものだ、そんな親のような感情に一瞬だけ包まれる。温かくも厳しく須藤を見守りながら、5分のカウントダウンと共に議論全体を見つめ続けた。

安定した生徒が多いのか初めての議論でもボロを出す生徒は少なく、堀北神崎《かんざき》共にパスを選択。ラウンド1、ラウンド2とほとんど進展は見られなかった。そのため生徒2人が優等生によって退室させられただけ。とはいえ、いつまでも傍観は続けられない。

そんな中、突入したラウンド3。卒業生を名乗り出た三宅が、渡辺が優等生であることを指摘。必然、否定する渡辺との議論が繰り広げられ迎える三度目の指名。

ここでのパスは大きなリスクを伴う可能性が高いが、同時にチャンスでもある。

自称卒業生の三宅を信じるかどうかが、まず焦点となるだろう。

神崎は三宅が卒業生だと判断し、渡辺が優等生だと指名。

一方、堀北は三宅が優等生で渡辺はそれ以外の何かだと判断し、三宅を優等生と指名。

パスを避けた両者の判断はくっきりと分かれる形となった。

『結果を発表します。堀北さんは三宅くんを優等生だと見抜いたため、神崎くんはライフを3失います。また神崎くんは誤った指名を行ったため、ライフを1失います』

判断が僅かに違っただけで、7対7だったライフは7対3へと急変する。

三宅は優等生、渡辺は優等生ではなかったという結果だった。これで残された優等生はあと1人。この展開に参加者たちもあることに気付く。今回の議論は似た他のゲームとは違い、こういった配役を名乗り出るケースで、必ずしも状況が思惑通りに働くとは限らないことを。役職者が自ら名乗り出ることは指名されるリスクしかない。また優等生は極めて勝ちづらい分、誰か役職者を代表者か自分たちが指名すれば都度報酬が手に入るため別の戦略が生まれる。三宅《みやけ》は今回、そちらの報酬を取りに行く方針を見せたようだった。

しかしメインはあくまでも特別試験。参加者たちの勝利によるプライベートポイントよりも代表者が勝つことが真の目的であり、役職者が名乗り出ることは議論が活性化し、スムーズな進行に直結する。

この一連の指名は次のラウンドに多大な影響を与えた。三宅の退場で、明らかに二宮《にのみや》が激しい動揺を見せたためだ。誰もが演技ではなく、もう1人の優等生だと確信するほどの様子に、堀北《ほりきた》と神崎《かんざき》もミスを恐れず優等生として指名。全員の予想通り二宮が優等生であることが判明。この議論は一般生の勝ちで終わりを見せる早い展開となった。

「――少しだけ話をしてもいいか」

最初の議論でライフを4つ失い、次の議論に移ることになった神崎が声をかけてきた。

「何かしら」

モニターに表示される10分間のインターバルのカウントをチラリと見つつ、神崎が精神的揺さぶりを狙っていることも考えしっかりと身構える。神妙そうな面持ちを見せつつ神崎は椅子を引いて立ち上がった。そして堀北の前に歩みを進めてくる。

「おまえに頼みがある。……こんなことを頼むのはおかしいと分かっているが、もうなりふり構っていられる状況じゃなくなっている。どうかこの学年末特別試験の勝利を、俺たちDクラスに譲ってはもらえないだろうか」

どんな言葉が飛んで来ようとも、堀北は冷静に捌《さば》くつもりでいた。

しかし神崎から飛び出して来たのは、意外すぎる、見当をつけていなかった頼み。

「本気で言っているの？　悪いけれど俄《にわ》かには信じがたい言葉よ」

本気でぶつかり合う対決、重要なクラスの順位を決定付ける特別試験において、負けてくれと頼む。意味は簡単に理解出来ても消化するのには時間のかかる話だ。

受け入れられるはずがないと分かった上での、意図した発言ではないのか。

そう勘繰り、険しい表情を作る堀北。

「確かに常軌を逸した発言に聞こえるだろう。だが本気だ。俺たちDクラスにはもう後がない。もしこの学年末特別試験で負ければ、上との差は決定的なものになる。最終ラインを越えてしまうと言ってもいい」

坂柳《さかやなぎ》のクラスが勝利した上で一之瀬《いちのせ》のクラスが負けたとなると、Aクラスとの差は考えたくもないほどの絶望的な状況に立たされる。

1つや2つ、特別試験で劇的な勝利をしてもその差を埋められる可能性は低い。

「今回の特別試験、ありがたいのは負けたクラスがクラスポイントを失わないという点だ。つまり堀北のクラスにはまだ来年もチャンスが残される。坂柳が順当に勝ったとしても、1年あればその差を十分に埋められる」

なりふり構っていられない神崎《かんざき》は、秘匿性の高いこの状況をも加味し、全てのプライドを捨てそう頼み込んだ。本気であることを証明するため深々と目の前で頭を下げる。

「頭を下げられたからといって、はい分かったと譲れるようなものじゃないわ。個人と個人のやり取りなら百歩譲って成立する可能性もあるかも知れない。けれどこれはクラスとクラスの戦いよ。あなたたちがクラスを背負って戦っているように、私も戦っているの」

「……もちろん分かっている」

「分かっているなら、こんな通るはずのない頼みごとを最初からするものじゃないわ」

「分かっていてもそうするしかないんだ。……もちろんタダで勝利を譲ってもらおうとは思っていない。その分に見合うだけの埋め合わせは必ずする。3年の戦いでは常に堀北《ほりきた》のクラスを支援して援護しよう……。普通なら信用できないところかも知れないが、他でもない一之瀬《いちのせ》のことなら信用できるはずだ」

神崎は、自らのクラスのリーダーの名前を口にする。それが保証だとでも言うように。

「確かに一之瀬さんは安易に裏切る人じゃないかも知れない。でも、それは彼女自身が言葉にして訴えて初めて効果のあるもので、あなたが勝手にその信用を使って交渉することじゃないでしょう？　そもそも許可は取っているの？」

「それは──」

「神崎くんが負ければ、必然的に一之瀬さんが出てくる。その時に今の話をした方がよっぽど成立する可能性がある。なのにそうしないということは、今話していることは全て神崎くんの独断、ということよね」

明白かつ明確な指摘を受け、神崎が喉を鳴らす。

「クラスのリーダーでもないあなたが、来年は全面的なバックアップを勝手に保証するなんて無茶《むちゃ》にも程があるわ。それに関しては到底信用できる話じゃない」

「一之瀬は……本心でどう思っているかは抜きにして、勝ちを譲ってくれと言い出せるようなタイプじゃない。だが口に出せないだけで俺と同じ気持ちを持っているはずだ。この後、綾小路《あやのこうじ》が控えている状況では万に一つも勝ち目はないと……！」

勝利を追い求めるのであれば、神崎は何としてでも堀北を倒し、少しでも綾小路のライフを削る必要があった。

しかし現状、堀北には傷をつけることが出来ておらず、窮地に立たされている。

「あなたから随分と高い評価を受けているのね、綾小路くんは」

「……ああ。綾小路は手強《てごわ》い。だから、結果はもう見えているも同然だ」

「気に入らないわね」

「気に入らない……？　何がだ。俺はただ事実を言っている」

「事実じゃないとは言ってない。でも、気に入らない」

敗北を早くも受け入れている神崎を見て、堀北は落胆と怒りを覚えていた。

自分の後ろに控える味方が強力であることは事実だろう。

それに畏怖してくれていることが、本来はありがたい話なのも確かだろう。

それでも、堀北《ほりきた》は一之瀬《いちのせ》の立場になって考える。クラスメイトの立場として考える。

「あなたはクラスのリーダーである一之瀬さんを過小評価している。私は特別試験の詳細が発表された瞬間から、誰よりも彼女が強敵になると思ったほどだわ。彼女の交遊関係、洞察力は侮れない。坂柳《さかやなぎ》さんや龍園《りゅうえん》くん、綾小路《あやのこうじ》くんよりも厄介な相手かも知れない」

クラスの参謀、そんなポジションに収まる神崎《かんざき》が誰よりも一之瀬を信頼していない。

きっと一之瀬は神崎を信頼し中堅を託した。

だからその態度が気に入らなかった。

「私に言わせれば、まだ状況は互角よ」

「互角、互角か……どうだろうな」

説明しても尚《なお》、神崎は態度を一切改めようとしない。

「……もう終わりにしましょう。このまま話を続けるのは不愉快だわ」

早く自分の席に戻って。そんな風に視線を切って促す。

だが神崎は足を止めたまま動かない。

「そうはいかない……。俺たちは負ければ、本当にここでお終《しま》いなんだ……！」

「だから無意味な泣き言を続けるの？」

言動を荒らげず、そう返す堀北《ほりきた》。

しかし心の水面《みなも》には僅かながらさざ波が立っている。

「俺がどんな風に思われても構わない。ここでAクラスの夢を絶つわけにはいかない」

他クラスの生徒に呆《あき》れられ、怒られ、それでも神崎《かんざき》は食い下がる。

無茶《むちゃ》な頼み事であることなど百も承知の上。

神崎も恥の上塗りになるとしても引けないほどにクラスの状況を背中に抱えているのだ。

「……あなたの覚悟だけは確かに伝わってきたわ。本来ならこんな風に頭を下げて頼み込みたくなんてないでしょう。でも、私は交渉するつもりはない」

これがどれだけの勇気を要することであるか、堀北もここで察する。

悲痛な訴え。怒りが先行しつつも、僅かながら同情の余地を感じてしまう。

ただ、だからと言って神崎を相手に躊躇《ちゅうちょ》したり妥協したり、甘くする裁定は下さない。

いや下せないと表現する方が正しい。

「嫌なものね、どんな願いにしろ断るというのは」

「気分を害させることは承知の上だ……」

神崎の頭は下を向いたまま、微動だにしない。改革を試み、一之瀬《いちのせ》に心酔するだけではない生徒を集め行動を始めているが、まだそれが花開くのには時間がかかる。

その途中に大きな敗北をしてしまっては、もはや改革の意味すらなくなってしまう。

学年末特別試験で綾小路《あやのこうじ》さえ動かなければ、まだ何とかなると思っていた。

だが、こうして今日綾小路は大将として参加してきてしまった。

「頼む――――！」

声を絞り出す神崎。何度請うたところで、神崎の提案など到底相手に受け入れてもらえるものではない。それは本人も最初から分かっていたはず。

分かっていても尚《なお》、そうするしかないと神崎は繰り返しお願いし続ける。

「私は手を抜かない。神崎くんの実力だって評価しているし、一之瀬さんも同じ。誰が相手でも全力で戦うのが今の私の役目よ」

誰も、好き好んで頭なんて下げたくはない。

それでも、クラスのために頭を下げてきた神崎に対し堀北は最大限の配慮を見せる。

それが全力で戦い、結果で応えるということ。

「……そうか……」

インターバルの時間も残り僅かだ。神崎は項垂《うなだ》れたまま椅子へと戻った。

程なくモニターが映し出され、新しい議論が始まろうとしている。

一度神崎から視線を切り、堀北はモニターへと向き直る。これ以上神崎にだけ意識を向けておくわけにはいかない。今やるべきことは、モニターの向こうで繰り広げられる議論から参加者の配役を見抜くこと。始まる新しい議論。モニターの方に顔こそ向けている神崎だが、その視線はモニターを見ているようで見ていない。

ラウンドが終わり堀北《ほりきた》はパスを選択。神崎《かんざき》もゆっくりとした動作でパスを行った。

再び始まる議論にも、神崎はやはり真面目に向き合うことをしていない。

ただ自分が負けるのを待っているようだった。

「諦めたの？」

モニターから聞こえてくる音声を切り裂くように、そう堀北が問う。

「……俺がここでどんな成果を出そうとも結果は見えてしまったからな」

元々神崎は本気で戦うという考えを捨てていたということ。仮に中堅で堀北を倒していても、ただ交渉する相手が堀北から綾小路《あやのこうじ》に代わっていただけだと悟る。

その腑抜《ふぬ》けた姿に我慢のならなくなった堀北は、議論中に席を立ち神崎の前に立つ。

「あなたはクラスに選ばれた代表者でしょう？　だったら、私を、そして綾小路くんを1人で倒すだけの気概を持ってこの特別試験に挑むべき。それが仲間に対する礼儀よ」

「おまえこそおかしなことをしている。敵に塩など送らず……放っておけばいい」

「――――そうね。その通りだわ」

勝負は決した。これを皮切りに緊張感もなく淡々と議論、ラウンドは進んでいく。

指名もせずパスを続け、諦めきっている神崎。

堀北は同情するなと己に言い聞かせ、油断なく二度目の指名を行うことを決意。

『堀北さんは峯《みね》くんを優等生だと見抜いたため、神崎くんはライフを3失います。この時点でライフが0になるため神崎くんは退室してください』

結果発表のアナウンスが入った後も、神崎はすぐに動き出さなかった。

というよりも、アナウンスが聞こえていないように見えた。

「神崎くん」

名前を呼ぶ堀北。一瞬の間、ハッとしたように神崎の目の焦点が合い、堀北を見る。

「……ああ、そうか。今ので負けたんだったな……」

他人事《ひとごと》のようにそう呟《つぶや》くと、椅子を引いて立ち上がった。

立ち去っていく神崎に続けて声をかけるか迷ったものの、思《おも》い留《とど》まる。

勝者と敗者。少なくともこの場でそれが決した以上、ここで堀北が何かを話しかけたとしても神崎に良い影響を与えることはないだろう。

ここまで堀北は、自分たちが勝つ、ということだけに意識を向けてきた。

だが勝ちの裏には負けがある。

1人になった室内で、堀北は無人になっているモニターの議論室を見つめた。

「Aクラスに上がる。その目的のために戦っているけれど……」

堀北にとって、Aクラスで卒業することには大きな意味がある。

自分の将来のためではなく、兄に認めてもらうためだ。

Dクラスを Aクラスに導いたことを褒めてもらいたい、それが最大の原動力だ。

では神崎《かんざき》は何なのだろう。自らが有利な進学先、就職先に行くため？

それともクラスの仲間にその恩恵を与えたいから？

関係性の薄い堀北《ほりきた》には、敗者のAクラスに賭ける思いの真意が分からない。

しかし彼もまた、堀北と同じような強い目的を持っていることだけは確かだ。

次の対戦相手である一之瀬《いちのせ》が現れるまでの間、堀北はそのことを考え続けた。

1

一方、葛城《かつらぎ》対坂柳《さかやなぎ》。議論は緩やかに進行し何事もなく1ラウンド目が終了していた。

葛城は両クラスを注意深く見守るも、決定打となる情報を掴《つか》むことは出来なかった。

「皆さん迫真の演技で議論されているようですね。現状から、配役を絞り切ることはお互いに難しい、といったところでしょうか」

「……かも知れんな」

坂柳もお手上げ、そんな発言に普通は安堵《あんど》しそうになる。良かった、まだ相手も何も掴んでいないのだと。しかし相手は他でもない坂柳。何が本当で何が嘘《うそ》かを判断するのは簡単ではない。葛城はそう考え安堵の気持ちを払い捨てる。

「もし俺に対して甘い行動を取っているつもりなら止《や》めておいた方がいい」

「なるほど。実は私が既に配役を見抜いていることも、頭の片隅にあるわけですね」

「俺とおまえの立場は違えど、油断すれば足をすくわれるぞ」

「そうお考えなら、わざわざご忠告する必要もないのでは？」

坂柳を探りヒントとなる言動を引き出そうとした葛城だったが、簡単にはいかない。

下手に相手の土俵に踏み込むことは危険だと判断し、一歩下がることを決める。

まだ葛城にはライフが十分に残っている、坂柳の出方を窺《うかが》ってからでも遅くはない。

「生憎《あいにく》と今のラウンドでは得られたヒントが少なすぎた。先手を譲ろう」

保守的な考えを持つ葛城は、手を引くタイミングも早い。

「あなたらしいですね。難しいと判断すれば安全を重視して立ち回る。自分の手で私を倒したいと思っているのに、三戦目という経験の有利さで、自爆覚悟の勝利を狙うのではなく手堅くライフを削ることへとシフトしようとなさっている」

「俺にとってはそれが定石だ。気負いは油断に繋《つな》がる」

「実にご立派です。私相手に気負うようなことは一切していないと？」

一切、と強調されたことに僅かに引っかかりを覚える。気負っていないわけがないのだが、ここで少しでも気負っている、と認めることは出来ないと本能が考えたからだ。

「一切ない。おまえを倒すためにこの場にいるのは事実だが、だからと言って鬼頭《きとう》のように私情を前面に出しながら戦うつもりはない。これはチーム戦だ」

気負いは無いと断言する。それがここでの在り方だというように。

「フフフ」

可笑《おか》しそうに笑う坂柳《さかやなぎ》は、細い腕をゆっくりと上げ葛城《かつらぎ》の首元を指さす。

「なんだ……？」

「一切気負っていないなどと、ご冗談を。本当は恥ずかしげもなく感情を高ぶらせ私を倒すことだけを考えたい。仲間のことなど関係なく、好き勝手に戦って直接手を下したい。そう考えていらっしゃるのでは？」

「その手には乗らんぞ坂柳。悪いが貴様の読み違いだ」

「そうですか。ではひとまず、そのだらしないネクタイを締め直しては如何《いかが》です？」

「……ネクタイだと？」

葛城は自らの視線を落とし、顎を引いて首元のネクタイを見る。

すると、しっかりと締めたはずのネクタイが酷《ひど》く緩んでしまっていることを知る。

いつの間に。そう思いつつ一呼吸置いた葛城は、首元のネクタイを軽く締め直す。

「いつもの冷静沈着な葛城くんであればネクタイの乱れにはすぐ気が付いたはず。しかし入室してくる怨敵を前に、視線と意識はあの出入口にずっと注がれていた。10分という短くないインターバルの間、ただただ凝視して過ごしていたのでしょう」

監視カメラで様子を逐一見ていた。

そう言わんばかりの洞察力を見せ、坂柳は笑う。

「これで気負いが一切ないと仰《おっしゃ》るなんて。実に見え透いた嘘《うそ》ですね」

「……勝手な推測だ。いつからネクタイが緩んでいたかなどおまえに分かるはずもない」

ペースを握られまいと、平静を装い答える。

しかし、葛城がそう答えることも坂柳は最初から見越していた。

「どうやら気負いに続いて動揺も見て取れますね。まずは落ち着いて考えてみるべきでしょう。その乱れたネクタイの原因が何だったのか。中堅を任された鬼頭《きとう》くんが敗北し、逆上してあなたに掴《つか》みかかってきたのでは？」

「龍園《りゅうえん》を直接倒す。それが奴《やつ》の目的だったようだからな」

「そうですね。しかし彼はその悔しさだけでそのような行動を取ったのでしょうか？　いえ実はそうではないのだとしたら？　敗北が決定した時、あなたのネクタイを乱しておくように私が予《あらかじ》め指示を出していたのだとしたら？」

新たに挑戦者となる代表者は、この一室で行われた戦いを知ることはない。だからこそ先に戦っている代表者とは情報戦の見地から一歩劣るスタートを強いられることになる。

それを見越し、坂柳は予め小さな罠《わな》を仕込んでいた。もし鬼頭が葛城に負けることがあれば、死角となりやすいネクタイを掴み乱しておけ、と。

ネクタイを乱すこと自体に大きな意味があるわけではない。ただそれを利用し、葛城《かつらぎ》の本音と建前を暴く証拠に変えた。そして、勝負で役立てずともその行動こそが鬼頭《きとう》の抜擢《ばってき》の意味にも繋《つな》がる。真田《さなだ》のような生徒にはけして代役は務まらない。

ここまで真田と鬼頭を相手に、一枚上手に冷静に立ち回った葛城。

その勢いをそのままに坂柳《さかやなぎ》と対等以上に戦おうとしたが、第1ラウンドが終わった段階で精神的な余裕はこのやり取りで埋まり逆転された。

目の前の強敵は全てを見透かしている、そう強制的に意識を植え付けられる。

微笑《ほほえ》んだまま、坂柳はモニターの向こうを見つめた。

「では、まだ何もわかっていない者同士、第2ラウンドと参りましょうか」

モニターの向こうで音声が解禁され、参加者13人となった議論が再び始まる。

2

神崎《かんざき》に難なく勝利した堀北《ほりきた》。幸いにも浜口《はまぐち》と合わせての3戦のどれも、追い込まれることはなかった。特に3戦目は神崎が試験に集中できなかったこともあり本格的な勝負にも至っていない。5分ほど経過し代表部屋の扉が開くと、ついに一之瀬《いちのせ》が姿を見せる。

「凄《すご》いね堀北さん。神崎くんまで無傷で倒しちゃうなんて」

「……たまたまよ」

謙遜する堀北に一之瀬は微笑みつつ自分の席に座る。その動作を全て観察していた堀北は、少なくとも焦りや緊張を探り当てることは出来なかった。先に大将として出てくることになった不安なども見て取れない。

「お互い、全力を尽くして頑張ろうね」

「……ええ」

先に議論を経験しているはずの堀北の方が、やけに硬くなってしまっている。

ここでまず、堀北は一之瀬に神崎のことを踏み込んで聞くかどうか考えた。インターバルはあと数分残っていたが、どういう経緯で負けたのか擦れ違う際に語ることは出来る。半ば放棄したに等しい負け方を正直に話したかどうかは分からない。いや、話していない可能性の方が高いだろう。それなら、これを動揺を誘う材料にも出来る――――。

「そう言えば最近の堀北さんって、ちょっと前とイメージが変わった気がする」

迷っていると、他愛《たあい》ない雑談でもするかのように一之瀬が話しかけてくる。

「そうかしら。私は別に何も変わっていないと思うけれど……。もし前と何かが変わっているところがあるとすれば髪の長さくらいじゃない？」

「ううん。そういう外見の違いじゃなくてね。なんて言うか雰囲気が柔らかくなったし、優しくなった気がする。以前より凄く接しやすくなったよ」

「……どうかしら。そんなつもりは全くないのだけれど」

「でも、男子とも女子とも、以前より話したり出かけたりする機会が増えたんじゃない？」

「——それは……ん、そうね。確かに昔に比べればそうかも知れないわね」

昔の自分では考えられないことではある。そんな風には納得が出来た。

「堀北《ほりきた》さんの話も、最近よく聞くから」

互いにグループを選び、そして新たな議論が始まろうとしている。

「よく聞くって……一体誰から聞くの？」

「ん？　誰って——皆、だよ」

微笑《ほほえ》み、一之瀬《いちのせ》はモニターを見つめる。

「クラスメイトと距離を縮めて親睦を深めるのは素敵なことだと思う。私自身、皆と仲良くなるために接してきた。そのことを役立てたいと考えていたわけじゃないんだけど、日々の積み重ねが功を奏することってあるんだなって」

本当に他愛《たあい》のない話でしかない。しかし、堀北は不気味さを感じずにはいられない。

ここで議論が本格的に始まったため、互いに言葉を交わすことはなくなる。

そして5分間、ただ静かに14名の議論を見届けた。

ここまでは浜口《はまぐち》や神崎《かんざき》の時と何ら違いはなく、同じ特別試験。

注意深く観察していた堀北だったが、まだ配役を断定するには当然至らなかった。

もちろん手堅くパスを第一に考えるが、それでもまずは一之瀬《いちのせ》の出方を窺《うかが》う。

ここで指名をする素振りを見せるのか迷わずパスするのか。どちらにせよ、最初のラウンドでは情報らしい情報は出なかったこともあり、堀北《ほりきた》はパス一択だと判断していた。

しばらく待った後、時間が迫ったため予定通りにパスを選択する堀北。

しかし——

『一之瀬さんは千葉《ちば》くんを役職有と見抜いたため、堀北さんはライフを1失います』

どこでその答えに辿《たど》り着《つ》いたか分からないまま、一之瀬が早くも指名を成功させる。

「だよね。千葉くんはそうだと思った」

言葉は淀《よど》みなく。

言葉はつかえることもなく。

さも当たり前のように、その生徒の名前を改めて口にした。

ここまで浜口《はまぐち》、神崎《かんざき》と対峙《たいじ》してきた堀北だが、いずれもラウンド1での指名はなく、堀北も含め全員がパスを選択した。詳細こそ把握していないが、先に敗れていた平田《ひらた》も例外ではないだろう。Dクラスの千葉に退室を促すアナウンスが室内に流れたのか、音声こそ聞こえないがモニターの向こうの生徒たちも僅かに慌てた様子を見せる。

何を根拠に指名したのかが分からないからだ。

「……よく、分かったわね」

感心せずにはいられなかった堀北が思わずそう呟《つぶや》く。

「私は誰よりも人を近くで見てきたから。千葉くんから直接の言葉を聞かなくても、仕草を見ていると嘘《うそ》か本当か分かる瞬間があるの」

親友のことは何でも知っている、そんな風に受け取れてしまうような発言をする。

「彼とは特別親しかったのね」

「特別？　特別じゃないよ。千葉くんと同じくらいのことは他の人でも分かるかな。議論を見ていて他にも役職を任された人が誰なのか少し見えた気がする。でもそっちはまだ確信が持てなかったから様子見だね」

さらりと言ってのけるその発言に、堀北は背筋が凍り付くのを感じた。

たった一度議論を見ただけで、複数の生徒の役職を見抜いたと言う。

これが坂柳《さかやなぎ》、龍園《りゅうえん》のような相手だったなら『ブラフ』を強く疑うところだ。

しかしこれは他でもない一之瀬の発言。

本当なのではないか、とそう考えてしまいたくなる。

「そう。だとすれば私は早いうちに追い込まれるわね。それが真実なら、だけれど」

状況が一瞬で重苦しくなるのを嫌い、堀北は姿勢を正しそう反発した。

安易な嘘をつかない生徒。

だからこそこの場でのブラフは強烈に効く。一之瀬の発言が本当だと思い込めば、焦って指名に走ってしまうところだが、嘘《うそ》であれば先走ること程愚かなことはない。

実際に役職者を見抜いたのは見事だったが、どこまで一之瀬《いちのせ》の眼《め》によるものなのかは疑問が残る。優等生と違い、参加者14人のうち役職者の名目で当てることが可能な生徒は4人もいるのだから、確率はそこまで悪くない。

思い違いの偶然や、あるいは単純に勝負に出て成功した可能性も十分あるだろう。

堀北《ほりきた》は自分に様々なパターンを言い聞かせ、自制心を働かせる。

慌てても、的中確率は現状何も変わらない。

ただ低い確率で勝負するには、まだ少しばかりリスクが高い。

状況に流されるのではなく、どう立ち回るのが勝利に直結するかを考える。

失ったライフは1つで、深刻なダメージではないのも大きかった。

まずは腰を据える。その先に欲する次のラウンドでの成果を求める。

そして始まる第2ラウンド。挙動から見抜ける手掛かりを一之瀬より先に見つけたい。

そう願った次の5分間の議論だったが、ヒントは少なく瞬く間に駆け抜けていく。

やってくる指名の時間。決定打になり得るだけの情報は手に入っていない。

だが、もう一度パスを選択しても良いものか、毎回立ち止まり考える必要がある。

一之瀬が次に指名に動くだけの何かが、さっきの議論にあったかどうか。

1ラウンド目の終わりに言った発言が本当なのかどうか。

まだ攻めに打って出るほどの材料、口実は見つからないが……。

既に一之瀬の指名と優等生の指名で2人抜けている。ここは臭いところを役職有で攻めて感触を探ることを決めた。

『結果を発表します。一之瀬さんは南方《みなみかた》さんを役職有と見抜いたため、堀北さんはライフを1失います。堀北さんは誤った指名を行ったため、ライフを1失います』

決意のもと指名を決めた堀北だったが、展開は悪化する。

自分が外すだけでなく、一之瀬が立て続けに指名を成功させてしまった。

せめてもの救いは一般生を指名していて、傷口が浅かったことくらいだろう。

「本当に分かっていたの？　南方さんが役職者だと」

「そうだね。1ラウンド目で迷ってた何人かの内の1人だったから」

残された参加者12人の中から迷わず役職者を言い当てた一之瀬。

しかもその口ぶりは、まだ目を付けている候補者がいるとの宣言でもあった。

これが真実であると直感し、堀北は微《かす》かに眩暈《めまい》を覚える。

「……なら、この2ラウンドで指名できる範囲は増えたと？」

「そうだね。まだ優等生との区別はつかないところもあるけど、3人いるよ」

有無を言わさぬ真っすぐな目を一之瀬は堀北に向けた。

これは嘘じゃない。間違いなくここから一之瀬は淡々と粛々と指名を続けていく。

下手をすると次で優等生も見つけ出しかねない。

なら堀北《ほりきた》の残されたラウンドは最短であと1回しか残されていない。

これに眩暈《めまい》を覚えるなという方が土台無理な話だ。

自分の席に座っているのが他の誰であったとしても、勝てない相手ではないのか。

一之瀬《いちのせ》の驚異的な洞察力には恐怖心すら抱かずにはいられなかった。

何ら有力なヒントを得られないと思えた合計10分間の議論。

自らに見落としがあったのではないかと振り返るも、一之瀬が言い当てた両名だけに絞って思い返しても引っかかる部分がない。

「ラッキーだったよ。言い当てられた2人が私のクラスの友達で」

その言葉で堀北は冷静さを少し取り戻す。唯一、差があったとすればその点だ。

お世辞にも堀北は、一之瀬クラスの生徒をよく知っているとは言えない。

一方で一之瀬は、他の誰よりもクラスメイトのことを理解している。

それでも残された猶予はそう多くない。

だからこそ堀北は、ここからも強気に仕掛けることを決める。

単なる正攻法で戦っていても、相手の独擅場《どくせんじょう》が続くと考えたからだ。

交遊関係とそれに紐《ひも》づく観察眼で劣るなら、揺さぶりをかけて惑わすしかない。

「見事にやられたわ。でもこの特別試験、先に戦ったから感じていることがある。公平性の観点から2クラスに役職者をほぼ均等に割り振るように出来ているんじゃないかと私は読んでるの。だとすれば、残りの役職者は2人分多く私のクラスメイトに存在している可能性が高い。残りの役職者を当てるのは幾らあなたでも難しいかも知れないわね」

あえて一之瀬の視線を自身のクラスメイトに引き付ける狙い。

こうすることで少しでも視野を狭めることが出来れば……。

「堀北さん。もしその話が本当なら私にヒントを与えることになるよね。先に特別試験を行って得た大事な情報を、どうして簡単に教えてくれたの？」

話が真実か嘘《うそ》かを疑っているのではなく、ただ親切にする理由を問いかける。

「あなたが2連続で当てられたのはクラスメイトが役職者だったお陰。次は簡単にはいかないことを伝えたかっただけよ」

もちろん、それは見え透いた嘘だ。

どう見ても苦し紛《まぎ》れに出た言葉にしか聞こえないだろうが、それでいい。

99％嘘だと思っていても、1％の可能性を感じてもらえればいい。

実際、学校側がどんな基準で役職者を選んでいるのかは不明だが、露骨な不公平だけは生まないだろうという憶測は間違っていない。1つの議論では極端な偏りが生まれても、全ての議論を通せば1：1に近い配分になっているはずだからだ。

「じゃあ気合いを入れて頑張らないとね」

うん、と一回頷《うなず》いた一之瀬《いちのせ》は、終始変わらぬ微笑《ほほえ》みでモニターへと視線を移した。

揺さぶりをかけたラウンド3も駆け抜けるように終わり、指名の時間がやって来る。

『堀北《ほりきた》さんは服部《はっとり》くんを役職有と見抜いたため、ライフを1増やします』

ここまで2連続当てていた一之瀬はパスを選択していた。

そのことに安心しつつ、更に堀北は役職者を見抜けていた。ただし結果は下級生であったため、一之瀬にダメージを負わせることは叶《かな》わなかったが。

現時点で分かっていることは優等生がまだ2人残っていること、役職者は代表者によって3人指名され、残る1人は優等生の手で既に退室してしまっている可能性があること。

分母は着実に減っており、次の議論にまで持ち込めるかは怪しいところだ。

今の堀北に打てる手立ては現状1つ。

なりふり構っていられない状況であるなら、あの話題を出すしかない。

「さっき神崎《かんざき》くんと戦った時、私は完勝したわよね。あれは私の実力というより、神崎くんが自分から負けに行ってくれたから勝てたのよ。その報告は受けた？」

「ううん。神崎くんは何も言わなかったから」

「そう。なら私の言った言葉の意味がどういうことか分かるかしら」

気になる情報を小出しにしながら、興味を引こうとする。

だが一之瀬はここでも表情を一切変えずに答える。

「分かるよ。神崎くんは、堀北さんの後ろに控えてる綾小路《あやのこうじ》くんの存在に早い段階で絶望したんだよね。きっと勝てない――って。だから何とか中堅で頑張ろうとしたけれど、堀北さんに先手を取られてその望みも薄くなった。だから戦意を喪失してしまった」

あまりに的確な指摘に逆に驚かされるも、冷静にその発言を処理する。

「……あなたも人が悪いわね。神崎くんから報告を受けていたのね？」

そうでなければ説明が付かない物分かりのよさ。

「何も聞いていないよ。私も綾小路くんが出てくると知って、クラスの勝敗の行方に不安がなかったわけじゃないからね。だから神崎くんの気持ちがよく分かるんだ」

嘘《うそ》ではないと改めて伝えた上で、推理に至った理由を説明する。

疑いを持とうとした堀北だが、そちらからでは崩せないと思い修正を図る。

「なら、あなたも彼には勝てないと思っているのね」

「そうだね。正直厳しいかもって考えはしたかな。でも、こうして代表者として試験が始まって確信できた。この特別試験だったら大丈夫だ、って」

「綾小路くんにも負けないと……？」

20分も経《た》たない間に、堀北と一之瀬の立場は完全に決着した。

水を得た魚。これは一之瀬にとって圧倒的に優位な特別試験であることを確信する。

「私は綾小路くんを倒せるよ」

勝つための自信を覗《のぞ》かせる一之瀬《いちのせ》。

堀北《ほりきた》は動揺を誘うつもりが、カウンターを食らってしまう。

速まる鼓動を悟られまいと平静な表情を崩さないことに必死になる。綾小路《あやのこうじ》がいる安心感から、一之瀬なら本当に綾小路を倒してしまうのではという不安に変わっている。

もし次に優等生を見抜かれてしまえば、堀北のライフは2にまで追い込まれる。

今、ここで堀北が期待することは優等生を断定する決定的な証拠が見つかること。最低でも引き分けに持ち込んで新しいグループで仕切り直すこと。祈る気持ちでモニターを見つめる堀北だったが、音を発しない一之瀬の様子が気になり一瞬だけ視線を横に流す。

「ッ……」

一之瀬と目が合う。

まるで堀北が様子を窺《うかが》ってくることを見越していたかのように待ち構えていた。

そして柔らかく微笑《ほほえ》み目を逸《そ》らそうとしない。大事な局面、当たり前のように目を凝らしてモニターを見ていなければおかしい時間だ。

「どういう……つもりなの……」

「どういうって？」

魅入られたように、視線を逸らせなくなった堀北が問い返す。

「どうしてモニターを見ていないの……？　優等生を……探さなくていいの？」

「ああ――うん、大丈夫」

大丈夫？　大丈夫とは何なのか。

それを聞き返そうとした堀北だが、言葉が続かない。

その先の言葉を聞きたくないと本能的に思ってしまったからだ。

だが無情にも、一之瀬はその先の言葉を自然と続ける。


「もう誰が優等生なのか、全部分かっちゃったから」


寒気や恐怖心を通り越し、堀北はただ自分の感覚が薄れていくのを感じていた。

ここでも何一つ嘘《うそ》をついていない、確信を持った言葉。

モニターがどうだとか、議論の残り時間がどうだとか、そんなものはもはや無意味。

自らの敗北は半ば運命のようなものに定められ、確定していることを知る。

それでも――。

堀北は一之瀬から視線を切り、自らの頬《ほお》をパシパシと叩《たた》く。

これ以上、無様に呑《の》まれてはいけない。

たとえ敗北が濃厚だとしても最後まで諦めてはいけない。

諦めなければチャンスはある。

引き分けに持ち込める可能性だってまだ十分にある。

次に繋《つな》ぐ綾小路《あやのこうじ》のためにも、少しでも相手のライフを削らなければならない。

堀北《ほりきた》は重たい目を見開きモニターへと再び視線を向けた。

相手は機械じゃない。一之瀬《いちのせ》にだってミスはあるはずだ、そう言い聞かせた。

3

坂柳《さかやなぎ》と葛城《かつらぎ》の勝負は、一度目の議論が終わり二度目の議論に突入していた。

葛城の役職有の指名で坂柳のライフを9に減らすも、その後は一方的にやられ続け、気が付けば葛城は残りライフ1へと追い込まれていた。

「……ふーっ……」

深呼吸を1つ入れ選択と向き合う。パスをして次のラウンドに賭けるか、一《いち》か八《ばち》かの勝負に出てカウンターを狙うか。議論から得られた情報は少なく、見送るのが定石。

しかし横に座っているのは、怨敵であり最大の脅威である坂柳。

もし役職のある生徒や優等生を指名していれば、その時点で敗北は避けられない。

葛城が確実に次ラウンド以降に持ち込むには引き分け以上が求められる。

今分かる情報は、優等生があと1人いるということだけ。

分母が減ってきている今、もし無茶《むちゃ》をするならこのタイミングか……。

一矢報いるための一撃を検討する葛城。

「長い間悩まれているようですね」

「……見つけたならさっさと指名すればいい」

タブレットを膝に置いた坂柳の指が動いていないことは常に確認している葛城。

「私はまだ代表者として勝負に参加して間もないですが、分かったことがあります」

「分かったこと？」

どんな取っ掛かりでも構わない葛城は、あえて坂柳の言葉に返答をする。

「指名を行う際、基本的に生徒の名前、次に役職有か選択可能な配役をタッチ、そして最終決定の確認としての『はい』と『いいえ』で、三度タッチする必要がありますよね。一方、パスをする際にも同様にパスのボタン、確認、最終確認と三度タッチを求められる」

「横目に対戦相手が指名かパスかのどちらを選んだか、見破らせないための対策だろう」

もし仮に指名が3回、パスが2回と回数が異なれば、画面が見えずとも3回で終えた生徒は指名をしたということが分かってしまう。

「誰を選んだか、パスを選択したか否か。学校側がバレないよう配慮をしているのはその通りでしょう。覗《のぞ》き見《み》防止フィルムが貼られているのもそのため」

「分かりきったことだ。それがどうした」

「しっかりと不正は防止されていますが、実は相手の選択が何であったかを事前に、そして確実に知る方法があることには気付きましたか?」

「……なんだと」

俄《にわ》かには信じがたい話だが本当であれば見過ごせない。

葛城《かつらぎ》は口の中に唾液が広がるのを感じつつ、坂柳《さかやなぎ》の方を凝視する。

「教えて差し上げましょう。その方法は実に単純明快です」

そう答えた坂柳は画面を軽く2回タッチして操作を行い、タブレットの両端をそれぞれの左右の手で持ち葛城の方へと向けた。

「な――――」

真正面に向けられた画面はくっきりと見え、そこには沢田《さわだ》の名前と優等生の表記が。

「ほら、こうすれば相手の選択が丸裸でしょう?」

そう言い、画面を葛城の方に向けたまま『はい』のボタンをタッチして選択を確定。

もうタブレットに用は無いと言わんばかりに机へと置いた。

「どういうつもりだ」

「どうもこうも、葛城くんは誰が優等生か分からなかったご様子。折角《せっかく》ここまで勝ち残ってきたのですから、もう少し勝負を楽しみたいじゃありませんか」

もしも坂柳の選択が正解だった場合、このラウンドで葛城が生き残るには最低でも同じ優等生を指名しなければならない。坂柳が正解ならそれ以外の選択は敗北を意味する。

しかし、もしこれがブラフだった場合は両者選択ミスという形でライフを1以上失う。

「私の答えが見えたんです。随分と楽になったのではありませんか？」

この行為が相手にどのような精神状態をもたらすか、当然坂柳は理解している。

「俺を誘い出すための嘘《うそ》か」

今坂柳が避けたいのは、一《いち》か八《ばち》かの指名で葛城に優等生を当てられること。

その結果ライフを3つ以上失うくらいなら、嘘の指名で引き込み葛城を倒すのがベストだと考えた。それならこの一連の流れにも納得がいくと葛城は結論付ける。

「嘘ですか？　それは心外ですね。人の親切は素直に受け入れておくものです」

「悪いがその手には乗らん」

迷いが生じる気持ちを断ち切り葛城はパスを選択する。相手が自爆してくれるのなら次のラウンドで大きなダメージを与えられるかも知れない。

タブレットを3回タッチし、パスを確定させる。

相手の策略を蹴り、葛城は手堅く守ることを決断した。

『坂柳さんは沢田さんを優等生だと見抜いたため、葛城くんはライフを3失います。この時点でライフが0になるため葛城くんは退室してください』

無慈悲なアナウンスが流れる。

「……バカな。正解を教えていたと……？　おまえにどんなメリットがあった⁉」

「メリットはあります。あなたは私がライフを削ってでも早く勝ちたいと考えている、そう推理したかと思いますが、それがそもそもの間違いです。私が葛城《かつらぎ》くんに1つでも余分にライフを削られていいと考えると思いますか？　私が答えを開示したのは、むしろ自分が傷つかないため。同じ答えに辿《たど》り着《つ》き引き分けになれば次戦に持ち越しになりますよね」

「それがどう貴様の有利に繋《つな》がる……」

「あなたは正攻法な戦略を取る。分母が少なくなればなるほど、負けを覚悟した特攻に切り替えることになるでしょう。そんなつまらない方法でライフを削られては面白くありませんからね」

相手を見ることに自信のある坂柳《さかやなぎ》と言えど、万能ではない。

分母の減っていくこの議論が長引けば、葛城が特攻してくることも考えられる。

一方でここで優等生が0になり引き分ければ、新たな議論となりラウンドは1から。

参加者たちの情報が出揃《でそろ》うまで2、3ラウンドは様子見になる可能性が高い。

最初から最後まで葛城の思考を見透かした戦略。

万策尽きた葛城は、力なく椅子にもたれかかった。

「あなたにしてはよく健闘したと言っていいでしょう。中堅の立場ながら私のライフを1つでも削ったのですから」

先鋒《せんぽう》、中堅をライフ1つ失うだけで破った葛城。

坂柳のライフを1つ削ることに成功するも、その後坂柳に連続でライフを奪われ敗北。

復讐《ふくしゅう》を果たす目的は呆気《あっけ》なく絶たれてしまう。

これを単純に運がなかったと考えるのか、実力差が大きかったと考えるのか。

悔しさを滲《にじ》ませる葛城は、少なくとも後者だったと強く思い知らされていた。

『葛城くんは速やかに退室してください』

アナウンスが響いたところで、葛城はゆっくりと立ち上がった。

「……もう少しおまえのライフを減らしておきたかったが、場に呑《の》まれた俺のミスだ」

「敗因を冷静に分析できているようで何よりです」

唇を噛《か》み、退室しようと歩き出したところで坂柳が声をかける。

「クラスを共にしていた頃と比べ、随分と生き生きとするようになりましたね。私も龍園《りゅうえん》くんも同じ攻撃型のタイプであなたと彼は基本的に相性が悪いはずですが」

「その言い方では、まるで俺が龍園と相性が良いみたいに聞こえる。訂正してもらいたいところだ」

「そう見えるので仕方ありません」

認められないいな。葛城はそんな一言を残し敗者としてこの教室を後にした。

Aクラスとクラスはいよいよ、大将同士の対決が実現する。

4

待機室のモニターが切り替わる。
どうやら堀北《ほりきた》と一之瀬《いちのせ》の戦いに早くも決着がついたらしい。

結果
2年Bクラス　中堅　代表者名　堀北鈴音《すずね》　残りライフ0
2年Dクラス　大将　代表者名　一之瀬帆波《ほなみ》　残りライフ10

2年Bクラス　大将　代表者名　綾小路清隆《あやのこうじきよたか》　は速やかに移動すること
インターバル残り時間　10：00

堀北が一之瀬に敗れたか。
長引く可能性もあったが、結果と所要時間からも分かるように完敗したようだ。
隣に座り状況を見守っていた洋介《ようすけ》が深くため息をつく。

「僕が少しでも上手《うま》く戦えていたら……」

「いや、それはほとんど関係ない。堀北が完敗したのは単なる偶然じゃないはずだ。今回の特別試験は運の要素が全く無いわけじゃないが、指名には引き分けや相殺の概念がある。この結果は純粋に堀北が一之瀬に遠く及ばなかったことの証明でもある」

仮に浜口《はまぐち》と神崎《かんざき》を洋介が倒していたとしても、似たような結果だっただろう。

「それだけ一之瀬さんが強敵ってことなんだね」

「ああ。間違いなくこの特別試験で最大の難敵だ」

「……だね。勝ち目はあると思う？」

「どうかな。とりあえず時間は無駄にしたくない、堀北を迎えに行ってくる」

「うん。……頑張って」

待機室を出ると、オレの後を追って龍園《りゅうえん》もすぐに廊下へと出てきた。

「トイレは反対だぞ」

「あいつも随分と呆気《あっけ》なく負けたもんだ。大将を任せなくて正解だったな」

オレの発言を無視して、龍園はこちらの対決の結果を振り返る。

「わざわざそんなことを言うために追いかけて来たのか？」

「いいや？　ま、十分に健闘はしたんだろ。負けるのも無理ないと思ってな。今の一之瀬は相当に手強《てごわ》そうだからなぁ」

どうやら忠告した通りになった、そう言いたいらしい。

「予想通り骨ごと食い千切られたってわけだ。まさに窮鼠《きゅうそ》猫を噛《か》む。このままおまえが同様に食われても驚きゃしないぜ」

「だから心配して声をかけてくれたのか？」

「ハッ」

短く笑い、龍園《りゅうえん》は詰め寄ってきた。

「今の一之瀬《いちのせ》にどうやって挑むのか、直接見届けられないのが残念だぜ」

「人のことよりも自分の心配をした方がいい」

そう忠告すると、龍園はもう一度笑い待機室へと戻っていく。

龍園も今はオレの相手を長々としている場合じゃないだろうからな。

葛城《かつらぎ》は先鋒《せんぽう》中堅と勢いよく倒してはいるが、やはり坂柳《さかやなぎ》相手にどこまで善戦できるかは分からない。龍園の出番は間違いなくすぐ訪れるだろう。

歩を進めていくと、力なく廊下の先から堀北《ほりきた》が歩いてくるのが見えた。

だがこちらに気付くことなく、擦れ違おうとしている。

「随分と早いご帰還だったな。大将首まで持ち帰るかも知れないと思ってたんだが」

呼び止めるついでに声をかけると、俯《うつむ》いていた顔が上がる。

「ごめんなさい」

嫌味《いやみ》に対し怒ることもなく堀北は短くそう答えた。

いや、そう答えるのが精一杯だったというところだ。

「あなたに笑われたとしても仕方ないくらい、無様に負けたわ」

「それでも先鋒と中堅は倒しただろ」

「あれはどちらも拾わせてもらったような勝利よ。誇れるようなことじゃない」

どうやら相当、自信を喪失してしまっているらしい。そんな弱った姿を見せれば仲間の士気を下げてしまう恐れがあることにすら、気が回らないほどなのだろう。

「手強《てごわ》かったようだな、一之瀬は」

「……ええ。私が想定していた以上……いいえ、彼女は完全に別格かも知れない」

これ以上ない賛辞を贈った堀北は、こう続ける。

「この特別試験のルールにおいて、彼女は無敵。到底敵《かな》わない視野の広さと読みを持っている。相手が坂柳さんでも龍園くんでも呆気《あっけ》なく倒してしまうだろうと思わされた」

グッと唇を噛みしめ、己の無力さを嘆く。

ここまでプレッシャーと戦いながらもクラスを引っ張ってきた堀北だが、完敗という結果に単なる敗北以上のダメージを心に負わされたか。

精神力も問われるこの戦いにおいて大きな敗北を経験したのは間違いないだろう。

特別試験の勝敗は大将であるオレの立ち回り次第だが、下手をすると堀北のダメージはこの先にも長く尾を引いてしまうかも知れない。

「ごめんなさい……本当に。せめて少しでも彼女のライフを削れていれば――」

「おまえは一之瀬《いちのせ》には勝てなかったかも知れない。だが先鋒《せんぽう》と中堅を倒してイーブンの結果にまで戻した。それだけでも十分な戦いぶりだったと思う」

「……でも――それじゃダメだったのよ」

自分の力で勝ちたかった、そう声に出さない声が聞こえてくる。

リーダーとして、クラスを率いていく存在としてより高みを目指そうとした。

「勝たないと……クラスのために勝たないといけなかった……」

後悔の念に押しつぶされそうになりながらも、堀北《ほりきた》はこうも続けた。

「クラスのためだけじゃない。私は勝って、あなたに認めてもらいたかった。一之瀬さんを倒して、その上でよくやったなって褒めてもらいたかった……」

この特別試験にかけていた思いを、本音を堀北が語る。

中途半端な結果での賞賛は、むしろ心をより傷つけることになったか。

「おまえにかかる重圧がどれほどのものだったかは分かってるつもりだ。確かに直接対決の結果は負けだったかも知れないが、ライフの違いや背信者を使用しない制約もあった」

「やめて……そんな慰め虚《むな》しいだけよ」

「悪いが事実だ。それに今回の負けは良い経験だ。大きく成長するきっかけにもなると思ってる。もし同じ試験がまたあったなら、次はより良い成果を生むはずだ」

これは嘘《うそ》じゃない。

大きな障害にぶつかるのは辛《つら》いことだが、乗り越えるためには必ず必要な行程だ。

「……でも……」

「幸いなことに、今、ここには誰もいない。虚勢を張る必要もない。詳しい状況は見えなくても、おまえの姿を見ていればハッキリと分かる。よく戦った」

オレは本心から労《ねぎら》いを込めて、堀北を優しく抱き寄せた。

「ッ……!?」

1人で気丈に振舞い続け、立ち向かい続ける必要なんてどこにもない。

弱い人間は誰かに寄りかかって、支えてもらえばいい。

「あ、綾小路《あやのこうじ》くん、な、何を……！」

力なくも離れようとする堀北の背中をオレは抱き寄せたまま離さない。

「これまで2年間、多分オレは他の誰よりも近くでおまえを見てきた。弱いところも強いところも全部、知っているつもりだ」

何か反論しようとした堀北だったが、言葉としては出てこない。

グッと堪《こら》えるような、そんな感覚が体温と共に身体《からだ》に伝わってきた。

「おまえには仲間がいる。それを忘れるな」

「仲間────」

「そうだ。これから先も似たようなことを経験するだろう。その時は1人で抱え込むんじゃなく、必ずクラスメイトを頼れ。きっと大きな力になってくれる」

オレはそう言って優しく堀北《ほりきた》を離し、歩き出す。

「……綾小路《あやのこうじ》くん……一之瀬《いちのせ》さんは────」

勝負の行方が不安な堀北に、今一番安心させてやれる言葉は1つだけだろう。

「後はオレに任せておけばいい。今回の特別試験で、おまえのクラスに負けをつけさせるつもりはない」

特別試験にオレが参加をすると決めた時点から、結果は決まっている。

堀北クラスが勝ち、一之瀬クラスが敗れる。

その考えの下、オレはここに立ちこの先へ歩いていくのだ。

一之瀬の待つ戦いの場へと到着する。

この扉の向こうで待つ一之瀬はどんな様子だろうか。

きっと彼女は僅かな緊張を持ちつつも、恐らくは────。

扉を開ける。

そしてすぐ視界に飛び込んできたのは、思っていた通り一之瀬の微笑《ほほえ》みだった。

○綾小路《あやのこうじ》の策略

教室の中に入ると一之瀬《いちのせ》は座ったまま優しく手を小さく振り、歓迎の意思を見せた。

「堀北《ほりきた》を完封するとは思わなかった。完璧な立ち回りが出来たようだな」

「運が良かっただけだよ。私にしては出来すぎだっただけ」

謙遜する姿を横目に、オレは空いた席に腰を下ろす。

「休憩時間は後４分くらいか。少しだけ雑談をしても？」

「うん、もちろんいいよ。私も綾小路くんとお喋《しゃべ》りしたいし」

この後の戦いに対する気負いは一切感じられない。

相手が誰かは関係なく、自分に出来ることをする、そんな気持ちを作れている証拠だ。

「まずは嘘《うそ》をつくことになったことを謝罪させてくれ。試験には出ないと言っていたのに、結局大将の立場で参加することになったからな」

「それは最初から気にしていないよ。私たちは敵同士、全部は本音で話せないものだから」

快く許し、理解を見せる一之瀬。

「そう言ってくれるとありがたい」

「でも１つ聞いてもいいかな。綾小路くんは今、どういう心境？」

「どうもこうも、強敵を前にどうやって戦うか思考が右往左往してるところだ。ここに来るまでに堀北《ほりきた》とも軽く話したが、とにかく憔悴《しょうすい》しきってたからな」

「それは、本当に出来すぎただけ。また同じように上手《うま》くいくかは全然分からないし」

「そうだといいんだが」

「綾小路《あやのこうじ》くんは……全然気負うとか緊張とか、そういう感情はなさそうだね」

「一之瀬《いちのせ》だって落ち着いてるだろ。同じことだ」

「私は……緊張してるよ、凄《すご》く。綾小路くんと一緒にいるだけで、自然とそうなるから」

聞く人が聞けばひっくり返るような発言だ。

事実、真顔で直立している試験官も、一瞬だけ怪訝《けげん》な顔を見せる。

「だけど同時に安心感も強く感じる。戦う相手なのに、支えてもらえてるような、そんな気持ちになれる。変だよね、矛盾しているよね」

今はオレの存在が邪魔になるわけじゃなく、むしろ逆に助けになっているわけか。

残り3分を切ったインターバル。限られた時間を有効活用する必要がある。

「これはオレの勝手な想像だが、今の一之瀬は誰を相手にしても負けると思っていないんじゃないか？」

「どうだろう。でも自信がないわけじゃない、かな」

「そうだろうな。だが同時に1つだけ不安要素を持っていることも分かる。どれだけ優位に運べる自信があったとしても、今回の特別試験には一発逆転の可能性があるからだ」

　オレが何を言おうとしているかは、簡単に分かるだろう。

「そうだね。背信者の存在だけはどう転ぶか分からないかな、って思うよ」

　この背信者というシステムは、あくまでも学校側が一発逆転の可能性を残すために、どうすればそれをバランスよく組み込めるかを前提に考えられ、導入されたものだ。背信者は自分とクラスのために、出来れば嘘《うそ》をつきたいという前提がある。ただ、だからと言ってそれで退学のリスクが高まるわけじゃない。図太い神経を持つ者が退学のリスクを背負って嘘を貫き通したとしても、代表者が簡単に断定出来るか？と問われればノーだ。

　嘘の告白をした背信者を断定したが最後、その生徒は退学になってしまう。つまりクラスから強制的に1名が離脱することになる。それを歓迎するリーダーは少ないだろう。

　背信者の報酬は見せかけでしかなく、あくまでも代表者同士の戦いにおいて、不利な側にも一定のチャンスを与えようという不確定演出のための役割と見ておけばいい。

　鋭い観察眼を持つであろう一之瀬なら、背信者の存在にはすぐ気付くかも知れないが、それでも生徒の退学という展開に発展しないという確実な保証はどこにもない。

　99％大丈夫でも100％じゃない。それが背信者のシステムだ。だから警戒する。

「これから勝負をしていく中で、先んじてお互いのために1つ提案がある」

「提案？　何かな」

「今まさに話した背信者についてだ。もう時間もないからハッキリさせておきたいんだが、今回の特別試験で背信者の配役を任された生徒は唯一退学のリスクを背負う。その分大きな見返りもあるから無理もないことなんだが」

「そうだね」

「このことからも、背信者には無駄に重圧がかかる。告白する気でいても、クラスポイントという報酬のために頑張ろうとしてしまう厄介なルールだ。そしてオレは正直、このルールは今回の戦いに無用の代物だと思ってる」

「それには同意見かな。背信者のシステムに惑わされるのも怖いし、皆に迷惑をかける展開も出来れば避けたいと思ってるよ」

「だがお互いに強力な武器だと認識している以上不利になれば使うことになる。もし一之《いちの》瀬《せ》が構わないと承諾してくれるのなら、お互いに背信者を教え合い対話で消耗、使い切ってしまうというのはどうだろうか。これで余計なことに神経を尖《とが》らせる必要もなくなる。だから最初の議論では戦わず、全ての指名を捨てて背信者を使い切ってしまいたい」

「悪くない提案、だね。だけど……背信者の権利は重要でもあるわけだよ。綾小路《あやのこうじ》くんはそれを放棄してもいいの？　逆転のために欠かせない存在でもあるんだよ」

自分たちが不利だと思う側にとっては、起死回生の仕組みでもある。

それを捨てようとしているオレに疑念を抱くのも当然のことだ。

「それに、お互いに背信者を教え合うのはルールとして認められるのかな？」

「もちろん問題は無いはずだ。タブレットを相手に見せて背信者を相手のクラスに知らせたところで、ルール上問題はないですよね？」

教室の隅でこちらを見張っている試験官に声をかける。

「あ、ああ。もちろんルールに抵触するわけじゃないと思われるが……」

そんな風にこのルールを活用しようとしてくる者は想定していなかったのか、あるいは声をかけられるとは思いもしなかったのか。やや困惑しながらも担当官は頷《うなず》いた。

「念のため確認しておいてください。十中八九問題はないはずですが」

オレがそう促すと、試験官は耳に付けていたインカムで細々と確認を始めた。

「ということだ」

「背信者の権利をお互いに放棄、か。そんなことを提案してくるなんて思わなかったな」

通常、一之瀬にとってこの展開は歓迎すべきもののはず。

「オレがこのシステムを放棄したい理由は1つだけ。万が一にもこちらのクラスから、そして一之瀬のクラスから退学者を出さないためだ」

「そうだね。確かに背信者がいなくなればその心配は無い……」

果たして一之瀬の答えはどうなのか。残るカウントダウンは30秒を切った。

「もし少し条件を付けるって言ったら？　確かに背信者の権利は不要だと思ってるよ。でも、背信者を残したまま議論を終えられたら報酬が確実に手に入る。だから放棄じゃなくて、見逃す、にしてくれないかな。私も綾小路《あやのこうじ》くんのクラスも確実に50ポイントを持ち帰ることが出来るからより良い方向になるんじゃないかな」

談合前提なら、背信者を残したまま議論を終える方が理想的だ。報酬はプライベートポイントとクラスポイントの2択だが、必ずクラスポイントを選んでくれる堅実な生徒を選択するだけでいい。あえて触れなかったが、当然気付いてくるか。

正攻法で戦えば負けないと考えている一之瀬《いちのせ》にとって、背信者は唯一の懸念材料。お互いに納得のいく形で消費できるのが理想の展開だろう。

『今から議論がスタートします』

アナウンスが流れる。だがオレは気にせず話を続ける。

「分かった、その条件を呑《の》んでもいい。ただ他の生徒たちには口裏を合わせたことを知られたくはない。背信者の権利を無くすために談合して大事な逆転手段を消費。結果負けましたじゃ笑えないからな。オレは背信者を見抜けなかった、という過程を残したくないんだ」

「だから対話で見つけ出して、破棄する形にしたかったんだね？」

「ああ。だからオレは議論の途中で、背信者を対話で呼び出すつもりだ」

クラスポイントよりも優先すべきものがあると伝え交渉成立に向かう。

「ゴールは違えど、お互いの利害が一致した上で権利を行使する。これで構わないか？」

「うん。だけど、私にこんな提案を持ち掛けてまで背信者の権利を無効にしたいの？」

相手がクラスポイントを50得ることに抵抗を見せないためか、そう問いかけてくる。

「結束力の強い一之瀬クラスと違って、堀北《ほりきた》クラスにはまだまだ脆《もろ》い部分がある。きっと一之瀬も候補に入れてると思うが、例えば高円寺《こうえんじ》が背信者になれば平然と裏切ってくるかも知れない。自らの利益のためにな。それに高円寺相手の1対1の対話は厄介な交渉になる可能性が高い。また池《いけ》や本堂《ほんどう》といった生徒が甘い誘惑に釣られ、つい魔が差してしまうかも知れない。真剣勝負の最中《さなか》にそんな展開になったら、最悪重い決断も強いられる」

仲間を守るためにこそ、背信者のシステムを無くしたい。

想像を働かせた一之瀬は、痛いほど状況が理解できるのか強く頷《うなず》いた。

「この議論では戦わないって約束は守ってくれると信じていいんだよね？」

「もちろんだ。タブレットの操作に関しても、目の前で全ての手順を見せる」

「分かった、いいよ。背信者の権利をここで無くそうか」

グループを決める時間が来たため、オレはタブレットを手に取り立ち上がると、一之瀬の横に立ちタブレットを見せる。こちらの全5つのグループを開示しつつ問いかける。

「最初の議論は背信者のシステムを排除するために全て捨てよう。だから背信者に好きな生徒を選んでくれていい。対話もスムーズに進むだろうからな」

「じゃあ、そうだね。マコちゃんにしてもらおうかな」

要望に従い、目の前で背信者の権利を行使し、網倉麻子《あみくらまこ》を背信者に設定し確定させた。

「これで100％背信者が誰か、一之瀬《いちのせ》に伝わったはずだ」

「うん。それで私はどうすればいい？」

そう言ってタブレットを見せてくれた一之瀬に、希望する生徒を指定して、確定してもらう。これでオレたちは互いに背信者が誰かを知った状態で議論に挑むこととなる。

席の前に戻ったオレたちは椅子の背もたれに手をかけ、それを持ち上げた。そして一之瀬の前に置き直して座る。自身の背後にモニターがあるため、オレは議論の画面が見えない位置に移動したことになる。一之瀬の視点からすればオレの姿はモニターを見る上で邪魔だろう。

「すぐに席を戻しなさい。妨害行為だ」

「妨害と受け取るかどうかは相手次第です。聞いていたと思いますが、この議論は背信者を排除するために捨てるつもりです。万が一にもオレが裏切らないことを証明するために議論を見ない、という姿勢を見せる必要があると判断し席を移動させました。問題はあるか？　一之瀬」

「ううん、全然ないよ。私も今回の議論では何もしない。それで対等だね」

誰もが食い入るように見つめるはずのモニターに背を向ける生徒。

提案を受け入れ、モニターではなくオレにだけ視線を向ける生徒。

試験官にとってみればこんな展開は想像の外側だろう。

代表者の指定が存在しない参加者たちだけの議論が始まる。

「見逃すことが決まってる一之瀬も、何度か適当に対話の権利は行使しておいた方がいい。背信者の排除に動くのは代表者として不自然なことじゃないからな」

「綾小路《あやのこうじ》くんは？」

「オレは3ラウンド目辺りに本当の背信者を呼び出そうと思う。背信者を見つけるのに多少苦労している設定で、1ラウンド目と2ラウンド目に関係のない生徒と対話を挟む」

背信者ではない者を呼び出す分には、ペナルティでライフを失うこともない。

「じゃあ公平性のために、私が知り得た情報は最後まで教えるね」

「そこまでしなくても信頼してる」

「ううん、私が納得いかないから」

こうして5分の議論が終わり、オレと一之瀬は互いにタブレットを見せ合いながらパスを選択。対話でオレは無関係な沖谷《おきや》を、一之瀬も無関係な生徒を呼び出すことに。

お互いに一度教室を離れ別室に移動。今日初めて見る試験官の男性が合流し、オレと共に別室に足を踏み入れる。対話のための監視役といったところか。

別室の中は向かい合った椅子が二脚置かれてあるだけで、後は普通の教室と同じように教卓が置かれてあるだけの質素な場所だった。そこへ呼び出した沖谷がやって来る。この後の行程は特別なことは何もない。背信者だと疑っているから呼び出したと伝えるが、当然沖谷《おきや》は否定。当然ながら正体を知っているため、背信者ではないことを判断する。

『一之瀬《いちのせ》さん、綾小路《あやのこうじ》くんは背信者を見つけられませんでしたので、背信者はどちらも残る形となります』

勝負の場に戻ってくるとそのようなアナウンスが流れる。

議論に参加している生徒も、待機室で待っている他の代表者たちも、オレたちが思いもよらない行動を取っていることなど知る由もない。

「あ……こんな風に連絡が来るんだ。これ、タブレットに届いたよ」

そう言って、一之瀬はオレに背信者の効力により通知された、御手洗《みたらい》が一般生だったことを告げるメッセージを見せた。オレも同じようにタブレットを見せる。

次の第2ラウンドも似たようなもの。

オレたちは関係のない生徒を呼び出して対話。そして無関係であることを聞き出す。

そして無実を訴えたところで無関係だと判断、アナウンスを聞き戻って来る。

「お帰り綾小路くん。待ってる間にアナウンスが流れたよ」

先に戻ってきていた一之瀬が、そう報告をしてくれる。

「別々の部屋でもアナウンスが流れるようだな」

そして2人目の配役を一之瀬から教えてもらい、第3ラウンドへ。

音声だけしか聞こえないが、議論は良い具合に盛り上がりを見せているようだ。

とは言え、背信者が残ったままではBクラスの生徒は落ち着かないだろう。

5分間の議論が終わり2人でパスをしたところで席を立つ。

「ここで背信者の権利を片付けてくる」

「うん。待ってるね」

この第3ラウンドでオレが背信者を断定し、議論を最後まで見届ければ本番だ。だがその前に、済ませることを済ませておかないとな。

三度教室を移動して、対話のために専用の教室へと足を運ぶ。

一足先に待っていたオレの下へ背信者の前園《まえぞの》が姿を見せた。

「今度は私の番ってわけ?」

「悪いな。背信者が誰なのかさっぱり分からなくて右往左往してるところだ」

どこか落ち着かない様子で、前園は自らに用意されている席に座った。

「色々聞きたいこともあるだろうが今は対話に集中しよう。それがここでの役目だ」

「それならいいんだけど……。私たち参加者は全然状況が分からないから、不安の中で戦ってるってこと忘れないでよ。それから、私も背信者じゃないからね。間違えても私のこと背信者だって断定なんてしないでよ?」

背信者は、自分の存在がどこまで代表者の邪魔になっているかを詳しく知らない。

だが対話で嘘《うそ》をつき、背信者と断定されると退学という危険性だけは理解している。

「分かってる。最初から前園《まえぞの》は疑ってないし断定もしない。ただヒントが無さすぎて場当たり的にクラスメイトを呼び出してるだけだ。その部分は許してもらいたい。1つ前に対話した本堂《ほんどう》が、前園が怪しいと言っていたんだ」

「は？　本堂くんが？　何それ、超腹立つんだけど」

「そう言われるような、何か思い当たる節は無いか？」

「……ん……もしかしたら、だけど……いや、ごめん分かんない」

「そうか。あと4人、根気よく探し出してみる」

「それがいいと思う。まあ背信者が見つからずに終わればクラスポイントが手に入るし、勝負に負けないんだったらそのまま残しておく方がいいかもよ」

「だな。進行のために形式的に確認させてくれ。参加者が告白をしないと対話が終われない。前園は背信者じゃないんだな？」

先ほどまでの沖谷《おきや》と本堂にも話したセリフを一語一句同じように繰り返した。

「……あのさ、もし私が背信者で、嘘をついてたら綾小路《あやのこうじ》くんはどうなっちゃうの？　負けちゃったりしないよね？」

「多少不利になるものの、大きな支障はないし責任は一切ない。いや、むしろ背信者には出来れば嘘をついてもらった方が好都合かもしれないな」

「それって、例のクラスポ――」

「ああ。けどあまり口にしない方がいい。対話のルールでは特別試験に関わるルールに深く突っ込んだ会話をすることは禁止されているだろ」

「……だったね」

「どちらにしても、前園は白だ。迷わず思ったまま口にしてもらって問題ない」

オレの意思を確認できたのか学校側からアナウンスが入る。

『前園さんは告白をお願いします』

「ん。私は背信者じゃない。だから綾小路くんは代表者としてしっかり頑張って」

これで参加者側からの言質が取り終わる。

前園は一息ついて席を立つとオレに背を向けた。同時に試験官も退室の準備を始める。

オレは空席になった椅子の方を座って見つめたまま、一呼吸置く。


「前園はクラスの背信者だと確信し、断定します」


そう答えた。

訪れる一瞬の静寂。

「は……？」

当たり前のようにスルーされると思っていた前園《まえぞの》が、理解していない顔で振り返る。

「え、なんて……？　なんて言ったの？」

「聞こえなかったか？　前園が背信者だと言ったんだ」

「ちょ、は……？　いや、だから違うって言ったじゃん……なんで……？　私怪しい素振りなんて見せてな……じゃなくて、え、確か背信者って断定されたら退学？　え？　は？違うよね？　今のってそういうのじゃないよね？」

前園が動揺するのも無理はない。

背信者が正体を偽り、代表者に断定されれば重大な処罰、退学が待っている。

だから本来なら軽々しく嘘《うそ》をつくことなど出来ない。

代表者もクラスメイトを守るため、怪しい生徒ほど断定するなど絶対に出来ない。

だがこれはちょっとした矛盾でもある。

背信者には魅力的な報酬が用意されており、嘘をつきたいという感情は存在する。

だから絶対に断定されないと分かっていれば嘘をついた方が得なのだ。

これは、性善説を前提に考えられているとも言える『大きな欠陥』を抱えたルールだ。

悪用しようと思えば、非道で凶悪な手段に用いることも出来てしまう。

「大丈夫だ違わない。おまえはこれで退学が確定した」

足を止め、振り返った前園は途端に感情を強く高ぶらせる。

「は、は⁉　そんなのわけわかんないじゃない！　私は綾小路《あやのこうじ》くんが疑ってないって言ったから、クラスのために嘘ついただけだよ⁉　そもそも断定しないって言ったじゃん！」

「参加者は背信者かそうでないかを告白する権利が先行して与えられ、決定する。次に代表者は背信者だと断定するか、無実だと判断するかを選ぶ。これが対話のルールだ」

前園が告白する前にオレが何を言っていようと関係がない。

「は？　は？　は？　何、は？　わ、分かった。じゃあ白状するから！」

「今更白状したところで意味はない。試験官、前園を退室させてもらえませんか？」

何もせず唖然《あぜん》としている試験官にそう催促するが、思いもよらない言葉が戻る。

「……本当にいいのか？　このままだとクラスメイトが退学するのを分かっているのか？　そもそも今回の特別試験はそうならないように急遽──」

本来口を挟むことが許されないはずの試験官が、何かを話しかけて自制する。

子供のように取り乱し、口元を押さえその続きを必死に堪《こら》えたようだった。

試験官は設置されたカメラに一度目をやり、非礼を詫《わ》びるように一度頭を下げる。

慌てぶりを見ても、やはりこんな使い方は想定になかったことなのだろう。

間抜けな口の滑らせぶりから、学年末特別試験には何か特殊な事情が入っているのだろうか。ルールをギリギリまで生徒に開示しなかったことや、代表者と参加者を完全に隔離して情報を共有しないこと。そして何より、正規に挑めば誰も退学者が出ることはない手ぬるい措置であることも引っかかる。

まあ、今その問題は棚上げしよう。目の前の処理を進めなければならない。

『……改めてもう一度綾小路《あやのこうじ》くんに確認を取ります。前園《まえぞの》さんの告白からやり直しをしなくて大丈夫ですか？』

意外にもやり直しをするチャンスを与える気らしい。何とも優しいことだ。

「なるほど。じゃあ前園、もう一度席に戻ってくれるか？　改めて告白の権利を与えるかどうかオレが決めていいようだ、だったらやり直しを検討してもいい」

前園は怒りながらも、急いで椅子の下に戻ると着席した。

どういうつもりだ、そんな相手を殺してやるというような怒りの目を向けている。

深く考えず嘘《うそ》をついてしまった自分に腹が立ってはいないようだ。もし目の前に座っていたのがオレじゃなく龍園《りゅうえん》や坂柳《さかやなぎ》だったなら、誰が何と言おうと告白していただろう。

「実はオレが前園を退学させようと思ったのには理由がある。今回の特別試験、代表者に大将として参加することをクラスメイトに事前に伝えたが、外部には絶対に漏らさないようにと頼んだ。ところがその秘密であるべき情報が気付けば一之瀬《いちのせ》クラスに漏洩《ろうえい》していた。どうして漏洩したと思う？」

「そ、それは……」

「誰かが情報を漏らしたからだ。そしてその情報を漏らしたのは前園だな？」

ここで嘘をつくメリットは皆無だ。

こちらの機嫌を損ねたが最後、再び告白をする権利を与えてもらえないことは明白。

「確かに私が、その……も……漏らした……のかも。だ、だけど一之瀬さんのクラスにまで伝わるとは思ってなかった！　本当に！」

「誰に漏らした」

「……それは――――！」

「オレからその漏らした相手の名前を言おうか？　2年Aクラスの――――」

クラスが既に特定されていることを理解し、観念したように前園が叫ぶ。

「ま、まさよし！　まさよしに言った！」

「そう。橋本《はしもと》だ。おまえが誰と付き合うのもいい。だがクラスが別である以上、越えてはならないラインがある。たとえ恋人に頼まれたとしてもだ。違うか？」

「わ、分かるけど……だけど、だけど今回のは大した情報でもないんだし！　なんで正義《まさよし》が漏らしたのかすら分かんないくらいよ！」

橋本にしてみれば、堀北《ほりきた》クラスの勝ちと負けどちらが好ましいかと言えば当然『負け』を望んでいるだろう。万が一にもAクラスとして突き抜けることがあれば、坂柳を蹴落とせたとしてもまた新たな障害が残り、オレのクラス移籍の確率も下がると判断してもおかしくない。オレが代表者になることを当日知らされて動揺することの無いように、Dクラ

スの生徒に上手《うま》く接触して伝えたんだろう。それくらいはしておいても損がないからな。

「大したことがないかどうか、その情報の価値を決めるのはおまえじゃない。少なくとも堀北《ほりきた》からは非常に大切な情報として伝えられたはずだ」

「ごめん、ごめんって！　もうしないから！　1回だけ！　わかんなかったの！」

「初犯だとでも？　わざわざ一部のクラスメイトだけを集めてオレに関する不穏な情報を流布してクラスメイトを混乱させたり、そこで得た情報を橋本《はしもと》に渡したことは？　そんな事実は無いと？」

「え――――」

年末の出来事とはいえ、橋本に頼まれて実行したことを覚えていないはずがない。

「それ、は……どこで知ったの……？」

「どこで知ったのかは、今は関係ない」

「分かった、分かったってもう！　もうそういうことも絶対しないから！」

「これから先、橋本が一緒になるために裏切れと言えば、おまえは迷わず裏切るだろ？」

「そんなことしない！　するわけないでしょ！」

「悪いが信じられないな」

そう答えたオレだが、前園《まえぞの》も痛い目を見て学習したと考えられる。

自身が所属するクラスのことを考え、これから多少は大人しくなるだろう。

「しないってば！　正直に話したんだからもう許してくれたっていいでしょ！」

「そうだな。確かにこれ以上は時間の無駄か」

切り上げることを決め、オレはカメラの方に視線を向ける。

「オレの判断は何も変わりません。告白のやり直しも不要です。前園《まえぞの》は背信者です」

判定を変える必要性がどこにもないことを改めて伝える。

「卑怯《ひきょう》じゃない！　あんた何なのよ！　何の権利があってこんな卑怯なことするわけ！」

「参加者が告白する、代表者が白黒判断をする。それ以上でもそれ以下でもない」

再びこの対話のルールが何であるかを教える。

『……前園さんは退室するように』

猶予を与えてしまっていた学校側が、これ以上時間を取ることは出来ないと裁定を始めた。前園はここで処分しておくのが打倒な判断だ。だが前園は当然頑として動かない。

『綾小路《あやのこうじ》くんは否定した背信者を断定したため、前園さんは退室、退学となります』

そう決定するアナウンスが流れて、前園が叫ぶ。

「嫌よ！　取り消すまで出て行かない！」

「おまえに出来ることは、今回の特別試験で橋本《はしもと》が退学することを願うことだ。そうすればここを出た後も一緒にいられる道が残されるかも知れない」

ただ個人的な意見を言わせてもらうならその未来は望み薄だ。橋本が退学するかどうかに関係なく、恐らく橋本は前園を恋愛対象として見ていないだろう。自分がAクラスで卒業するために優位になるように接触してきただけ。情報が引き出せなくなったら無価値になり、保有し続ける意味を見出《みいだ》せない。

価値のなくなった人間は切り捨てられる。

「取り消して！　今すぐ取り消して！」

前園を退学にまでする必要があるのか、多くの者が疑問を持つだろう。

橋本に利用されていることを説き聞かせ、洗脳を解除することは然程《さほど》難しくない。

情報を流す行為は非難されて然《しか》るべきだが、退学に値するほどではない。

ただオレにとっては色々と好都合なだけ。

たまたま手近にあった前園という道具を有効活用しているに過ぎない。

それだけのことだ。

「あんたのこと絶対に許さないから!!」

叫び続ける前園を放置し、オレは一足先に全てを終え、戻ることを決める。

追いかけて来た前園が試験官によって止められるのが、扉が閉まる前に見えた。

先ほどのように、対話の結果はアナウンスで一之瀬《いちのせ》の耳にも届いているだろう。

その答え合わせは表情を見れば一目瞭然。

ずっと見せてくれていた柔らかな表情は別人のように鳴りを潜めている。

「綾小路《あやのこうじ》くん……どうして……前園《まえぞの》さんが、退学してしまうの？」

どんなことが起こったのかは、代表者としてよく分かっているはず。

ただしその過程は全く思い描くことが出来ないだろう。

「ああ。あいつは告白しなかった。だからオレが黒と断定した。その結果処理された」

「で、でも、だって、分かってたよね？　なのに、どうしてそんなことをしたの……？」

「どうして──か。オレがこの背信者のシステムを取り除こうと言ったのは、利用して前園を退学に追い込むためだった。それだけのことだ」

談合しなければ一之瀬《いちのせ》が前園を背信者に選ぶ確率は極めて低い。だから足並みを揃《そろ》えて権利を捨てようと提案した。背信者を誰にするかも決めさせた。なら一之瀬もそうするしかない。相手がそうしたのだから、公平性を保つには同じ行動が求められる。

「お互いに背信者の権利を行使して無くすという約束はしっかり果たせた。一之瀬も背信者を指摘せず済んだことでクラスポイントが50も手に入った。だからオレたちの間に問題は何もない。当然、この後の真剣勝負に支障も出ないということだ」

説明していない部分はありつつも、一之瀬のクラスに不利になるようなことは何もしていない。むしろ優位に働かせたと言っていい。

だがオレと一之瀬の勝敗の行方は大きく動いている。

他クラスから退学者が出たのだから喜べばいいところだが、一之瀬はそうならない。

自分も前園の退学に知らず知らず荷担してしまったことを悔いるだろう。

しかも自身はクラスポイントまで得てしまった。

ただしこの背信者の件《くだり》は戦略の入口に過ぎない。

こちらが勝つために用いる戦略は、ここから行うことが本番だ。

「協力してくれてありがとう一之瀬。お陰でこっちは楽に不良品を処分できた」

ひどい。そんな言葉を発したいだろうが、口に出来ない。

紛《まぎ》れもなく本物の好意をオレに抱いているからこそ、酷《ひど》い言葉を向けきれない。

2人の会話を他所《よそ》に、議論が再開する。

だが今回の議論は全て捨てているため、今は自由時間も同然だ。

「次の議論までしばらく時間がかかりそうだし、オレから少し話をしようか」

「話……？」

前園のことが頭から離れない一之瀬だが、今は前に進むしかない。

この程度のことで心が折れたりはしないだろう。

今の一之瀬はそれほどに手強《てごわ》い存在になっている。

特別試験、勝つために必要な能力は1つだけじゃない。

ここまで堀北《ほりきた》クラス、一之瀬クラスの代表者たちがどのように戦ってきたのかを想像するのは難しくない。モニター越しに見える生徒たちの議論を見て、味方の、敵の一言一句、一挙手一投足を逃さないように目を凝らしていたことだろう。
特にクラスメイトの些細《ささい》な表情の変化は、代表者にとって大きなヒントに成り得る。
もちろん、そうしなければ始まらない。
だからこそ堀北《ほりきた》は、一之瀬《いちのせ》の生徒を見抜く圧倒的な眼力を強敵と受け止めた。
そして競り合い、敗れ去った。これは坂柳《さかやなぎ》と龍園《りゆうえん》のクラスも基本的に同じだ。
しかし、そこで勝負することが勝つことの全てではない。
ルールに組み込まれているのは、優等生ら役職者を当てることだけじゃない。
関係のない者を指名させたり、自滅を誘うことも出来る。
だから中には、多少精神的な揺さぶりをかけた代表者もいるんじゃないだろうか。
本当にその生徒を指名していいのか？
あっちの生徒が怪しいんじゃないか？
そんな言葉で惑わせようとする。
二択に絞ったところを三択に増やせば、その分だけミスの確率が上がる。
大舞台に慣れていない生徒なら、そんな言葉でも多少の効果があるだろう。
しかし、龍園や坂柳、一之瀬といった人物にはほとんど通用しない。
むしろより慎重になり、見抜けなかったものまで見抜いてしまうかも知れない。
ではどうすればそんなリーダー格の生徒の心を惑わせ、正常な判断能力を奪えるのか。

頭の中が特別試験に染まっているのなら、その外側に答えがある。

全く関係のない話から、冴《さ》えた思考を切り崩してやることが肝要だ。

ボディーが狙われると分かっていれば誰もがそこをガードする。

だが、予期せぬところから足を狙われたなら、当然対応は難しい。

「覚えてるか？　去年ちょっとした事件がオレたちの学年で起こったこと。あるクラスのリーダーの女子が、過去に万引きをしたことがあって、それが明るみに出た」

「私のこと、だね」

まだ状況が呑《の》み込《こ》めない一之瀬を、足元から一気に闇に引きずり込む。

「あの事件は疑うことをしないおまえが、心を許した坂柳に話したことが原因の1つだ。ただ、そもそも学校全体に暴露されることになったのは、本当に坂柳の仕業だったのか？」

「……どういうこと？」

「寮のポストで見つかった告発文。アレを仕込んだのは本当に坂柳だったのか。そんな疑問を一度でも持ったことはないか？」

「…………」

当時のことを思い出しているのだろうか、一之瀬が黙る。

「あの暴露以前に少し噂《うわさ》が流れただろ。一之瀬の酷《ひど》い噂だ。内容は暴力や援助交際、窃盗の過去があるといったもの。恐らくこれを流布したのは坂柳だと思うが、この段階では単なる噂話《うわさばなし》で実際には嘘《うそ》も多く混じっていた。だから一之瀬《いちのせ》も堪えることが出来た」

一之瀬が目を伏せるが、オレは躊躇《ためら》うこともなく続ける。

「そんな時、オレがあと一押しをするために裏で動いていたとしたら？　あの手紙をポストに仕込んで精神的に追い込み、自白するように促したのがオレだったとしたら？」

「何を、言っているの……？」

分かりやすく説明しても、一之瀬は理解が出来ないようだ。それも無理はない。

一之瀬に限らず他の生徒も坂柳《さかやなぎ》の仕業だと思い込んでいる。桐山《きりやま》を使い堀北《ほりきた》クラスを含め、露骨にAクラス以外の噂をばら撒いたことも影響しているからな。

「悪い冗談だと思うだろう。だが、絶対に無いと言い切れるか？」

オレは足を組み、ここまで強固な守りを築いてきた一之瀬に問いかける。

ここ数ヵ月、一之瀬は精神的に特異な変化を続けてきた。

それは一種の余裕を生み、この試験では強者としての道を一之瀬に進ませてきている。

しかしその根底の1つにはオレの存在がある。

もしその存在が、実は想像していたよりもずっと許しがたいものであったなら。

何の躊躇《ちゅうちょ》もなく裏切り、前園《まえぞの》を退学に追い込んでしまう人間だと知ったなら？

「だって……綾小路《あやのこうじ》くんは……そんなの何もメリットがないよ……」

「そんなことはない。坂柳はあの段階では警告に留《とど》め、後々の脅し材料に使う気だったかも知れない。しかしオレがあのタイミングで無理やり関与することでその材料を取り上げることが出来た。そして一之瀬に手を貸すことで必然的にオレへの信用が上がる。どう見ても十分なメリットだ」

「……信じられないよ……」

「信じたくない気持ちは分かるがそれが事実だ。何なら試験が終わった後、坂柳に聞いてみればいい。あの手紙をポストに投函したのはあなたですか？と。オレに言われたことを伝えれば正直に答えてくれるかも知れないな」

後は、念入りに仕上げをすれば終わりだ。

「オレが一之瀬に関与してきたこれまでのあらゆること、その全てに裏がある。無人島試験の時も修学旅行の夜も、オレはオレのためだけに行動してきた。おまえはただ、オレに利用されていただけに過ぎない。そして、1年前の約束も——」

直前にベンチで確かめ合ったあの言葉すら、もう何が正しいか一之瀬は分からない。

約束は確かに存在しているのに、もはや信じられる要素はどこにもない。

最初の議論が終わり、次の議論のためのインターバルが始まる。

『……代表者は新しいグループを選択してください』

控えめなアナウンスに従いオレは適当なグループを選ぶ。

一之瀬も遅れてタブレットを操作してはいるが、その表情は虚《うつ》ろだ。

仕方がない。この特別試験のことなど、もう頭の片隅に追いやられてしまったから。
引きずり込まれた闇は深い。
前園《まえぞの》の退学の件ですら、今は遠い昔。霞《かす》んでいると言っていい。
目の前の男は味方ではなかった。理解者ではなかった。
まともな思考の持ち主であればあるほど、度し難いほど闇に引きずり込まれていく。
オレは椅子を引き、元あった場所へと戻す。
隣でモニターを見る一之瀬《いちのせ》の目に、先ほどまでの光と活力は無い。
モニターを見ていても、頭の中には先ほどの会話がべっとりと張り付いている。
真実と不実。本当と嘘《うそ》。考えたくなくても考えてしまう。
人は言葉にせずとも、頭を空っぽにしようとしても容易には出来ない生き物だ。
むしろ試験に集中しなければならないと頭を回転させるほど、雑念が大きくなる。
時折、頭の中が真っ白になるような感覚が一之瀬を襲っているだろう。
視界は確実にモニターを捉え、確かに聴覚も働いている。
なのにそれらの情報は正常に脳まで届かない。
これはマジックでも何でもない。
人間の身体《からだ》の構造、仕組み。
心拍数と血圧が上がり、末梢《まつしよう》血管は収縮する。

瞳孔が開くことで視野が狭くなる。

そして相対的に理性的な機能を司《つかさど》る前頭前野の働きが低下する。

この状態から回復するのは、現状容易ではない。

なら、後は簡単だ。

オレは悠々自適に議論を眺め、推理し、優等生たちを見つけ出せばいい。

相手にはもう背信者を送り込む切り札もない。

何事もなく議論は続けられる。

時間を多く要さずとも、やがてその時は訪れる。

『綾小路《あやのこうじ》くんが優等生を見抜いたため、一之瀬さんはライフを3失います。この時点でライフが0になったため、一之瀬さんの敗北となります……退室してください』

一切の苦戦を強いられることなく、堀北《ほりきた》クラスは大きな勝利を手中に納めた。

○待ち望んでいる相手

僅か1だが、葛城《かつらぎ》の手によってライフを9に減らした坂柳《さかやなぎ》。

そんな坂柳の下へ、残り時間5分ほどで龍園《りゅうえん》がやや力強く扉を開け入室してきた。

「いらっしゃいましたね。どうぞお座りください」

迎え入れた坂柳が、座ったまま丁寧に空席に手を向けた。

龍園は視線だけを坂柳に一瞥《いちべつ》をくれ、一度も唇を開くことなくその椅子に座り足を組む。

「今日はあなたの新たな門出の日。どうぞ思い残すことのない時間をお過ごしください」

「それはおまえの方だぜ坂柳。勝つのは俺だ」

まずは牽制《けんせい》。互いの感情を軽く押し付け合う。

「私に勝てたとして、あなたに綾小路《あやのこうじ》くんの相手が務まるかどうか」

「俺以外に適任はいねえのさ。奴《やつ》を倒すには迷いなく悪に手を染める必要がある」

「なるほど。あなたは自分のことをダークヒーローと勘違いなさっているのですね」

「あ？」

物語の中において英雄的に活躍するキャラクターは『ヒーロー』。

ヒーローは基本、高い倫理観に基づく道徳的な存在であり、弱き者を助け悪《あ》しき者を罰する、善や正義を体現する存在。

しかし、そのような存在であるヒーローの中で正反対の悪の性質を併せ持つ者。

悪人の命を容赦なく奪い、金銀財産を目当てに躊躇《ちゆうちよ》なく暴れまわったり、常識や倫理の枠に収まらないヒーローがダークヒーローと定義される。

「悪人ならば成敗されてお終《しま》いですが、ダークヒーローにはヒーローの役職も与えられています。つまり言い換えればそれもまた主役ということ」

やや遠まわしに、坂柳は龍園に伝える。

「ですがあなたは主役に相応《ふさわ》しくありません。そのことをこれから教えて差し上げます」

「おまえこそ自分をヒロインとでも勘違いしてんじゃねえのか？」

「ご安心を。私はヒロインではなく主役ですよ」

子供のような煽《あお》り合い。だがこの程度は優しいもので、挨拶の延長戦のようなもの。

「あなたにとって今回の特別試験は不運でしたか？　それとも幸運でしたか？　試験内容が明かされないがために、事前に下世話な戦略を仕込むことも叶《かな》わず、また同時にスパイや裏切り者として使えるはずの橋本《はしもと》くんはまともに機能しなくなってしまった。その一方で知識、学力が求められる苦手なジャンルは避けられた——良かったですね」

そう言って笑う坂柳を見て、ふと龍園は思い出す。

「綾小路とは幼馴染《おさななじみ》みたいなもんだと言ってたな」

「ええ、それが何か？」

「俺には奴《やつ》がガキの頃の姿が想像できねぇ。あいつはどんなガキだった」

言葉にする前から、何度も何度も想像してはイメージすら浮かべられなかった龍園《りゅうえん》。

計り知れない喧嘩《けんか》の強さだけでなく、頭の回転も常人のそれではない。

それでいて迷いなくリミッターを外し、人が躊躇《ちゅうちょ》する行動を平然と実行できる。

「気になるのも無理はありません。綾小路《あやのこうじ》くんは特別な人ですから」

自分が褒められた時以上に嬉《うれ》しそうに、坂柳《さかやなぎ》は喜び目を細める。

「でも教えません。私だけの大切な秘密ですから」

回答を嬉しそうに拒否した坂柳に、龍園は少しだけ睨《にら》みを利かせた。

「彼と比べてあなたの幼い頃は想像しやすいですね。周囲に反発し、自分が世界の中心だと勘違いし暴力で全てを支配してきた。知性や理性など無意味な弱いものとして切り捨ててきた。どれだけ敗北を繰り返そうと最後に勝てばいい——」

「それが俺だ」

「フフ、悪いとは言っていませんよ。だからこそ、あなたは綾小路くんに再挑戦しようと思っているわけですし。心を簡単に折られる凡人にはその意欲すら湧かないでしょう。ただ私にはその負け犬根性のようなものはありませんが」

「だったらおまえは綾小路に勝てるってのか？　悪いがそうは見えないぜ」

「心外ですね。こう見えても私は彼よりも優れていると考えています。それを証明するために、邪魔となるあなたには消えてもらわなければならないのですし」

あくまでも上から、高みから綾小路を迎えようとする坂柳。

一方で下から這《は》い上《あ》がり、綾小路を引きずり落とそうとする龍園。

両者の立つ位置は丸きり逆だった。

インターバルのカウントが0になり、両者にグループ選択の時が来る。

タブレット上の5つに分けたグループ一覧を見て坂柳はまずあるグループを除外する。

それは橋本正義《はしもとまさよし》の所属するグループだ。先鋒《せんぽう》と中堅にも、選択しないよう念を押して伝えていた。裏切ることが確定している橋本だが起用しなければ裏切りようがない。そういう観点から見れば、この特別試験のルールは坂柳に追い風となっていると言えるだろう。

「私は背信者の権利を行使致します」

大将戦、最初の議論で坂柳が仕掛けた。

坂柳ライフ9、龍園ライフ10と数値だけを見ればやや龍園優勢で始まることを毛嫌いしたのか。あるいはそれ以外の狙いか。ともかく龍園にとって、まだこの特別試験の勝手が分かっていない状況も利用した先制攻撃だった。

「ククッ、初手とはな。殺《や》る気満々じゃねえか」

「長々と時間をかけるつもりはありません。最初の議論で勝負をつけさせて頂きます」

「分かってんのか？　そういう切り札は先に使った方が負けるのがセオリーだってな」

「では、そのセオリーを覆してみせましょうか」

迷いなき視線を、坂柳《さかやなぎ》はこれから始まるモニターの先へと向ける。

1

第一議論

参加者
2年Aクラス
柳橋元史《やなぎばしもとふみ》　石田優介《いしだゆうすけ》　島崎《しまざき》いっけい　鳥羽茂《とばしげる》　田宮江美《たみやえみ》　森下藍《もりしたあい》　小鳥遊《たかなし》コウ
2年Cクラス
石崎大地《いしざきだいち》　金田悟《かねださとる》　小宮叶吾《こみやきょうご》　中泉昌平《なかいずみしょうへい》　角倉真美《すみのくらまみ》　宝島《たからじま》みこ　旗手薫《はたてかおる》
大事な大将戦の幕開け、最初の議論。しかも即座に行使された背信者の権利。
この時点で龍園《りゅうえん》のCクラスに背信者が1人紛《まぎ》れ込まされている。

誰もが第一声を躊躇《ちゅうちょ》しそうな状況の中、最初に動いたのはAクラスの森下藍《もりしたあい》だった。

「石崎大地《いしざきだいち》。まずあなたが優等生ではないことを確実に証明してもらっていいですか」

「は、え、お、俺⁉　なんでいきなり俺なんだよ！」

「疑わしい人間から声をかけるのは、刑事でも探偵でも一貫して同じことです」

送り込まれた背信者も気になるはずだが、そのことには一切触れる様子がない。

流れに合わせるように森下を含むこの場全員の視線が石崎に注がれる。

「うっそだろ……いや、俺優等生じゃねえし！」

「ですからそれを証明してもらっていいですか」

「んなこと出来ねえって！　どうやって証明すりゃいいんだよ！」

「もし優等生だったら、後で舌を噛《か》んで死ぬことを約束するとかどうでしょうか」

「は、はあ⁉　わけわかんねえこと言うなっての！」

立て続けに追い込んでくる森下に困惑する石崎だったが、金田《かねだ》がすかさず割って入る。

「待ってください森下氏。石崎氏、答える必要なんてありません。そんな無理矢理《むりやり》なやり方は認められないですから。あくまでもこの議論で完結する話をしましょう。刑事や探偵の最初の定石を例にあげるなら、第一声を発した人物を疑いますよ。あなたが優等生ではない確実な証明をお願いしたいところですね」

そう言い、メガネを整えながら金田は石崎に集まっていた注目を森下に移す。

「この議論のルールにおいて確実に証明する方法はありませんけど？」

つい先ほど石崎に確実な証明を求めながら、呆気《あつけ》なくそう答える森下。

「では無理難題を石崎氏に押し付けようとしたと？」

「ボロを出しそうな間抜け顔でしたので」

「誰が間抜け顔だ！」

「落ち着いて下さい。坂柳《さかやなぎ》氏を倒すには、それ相応の手段を用いる必要があります。逆に龍《りゅう》園《えん》氏を倒すのも同様に難しいことです。森下氏はクラスのリーダーを勝たせるため、あなたを挑発している。カメラの向こうで戦っていると思われる龍園氏の勝利を願うのなら、ここは冷静にならなければ。彼女の言動に振り回されては相手の思うツボですよ」

憤慨した石崎を金田は冷静に宥めることに成功する。

「私、ずっと他の人たちの議論見てて気付いたんだけどさ、優等生同士って目が合ってる印象があるんだよねぇ。小宮《こみや》くんと小鳥遊《たかなし》さん議論が始まる直前お互いを見てたよね？」

Ａクラスの田宮《たみや》が、疑いの眼差《まなざ》しを２人に対して露骨に向ける。

「あー確かに。それは僕も怪しいと感じたんだ」

足並みを合わせるように、中泉《なかいずみ》も繰り返し頷《うなず》きながら言う。ＡクラスとＣクラスで敵同士だが、そう感じさせない相槌《あいづち》。

「ね。石崎くんに注目が集まった時、特に小宮くん安堵《あんど》してる様子じゃなかった？」

周囲に対し、とにかく優等生はこの２人だとアピールを強める田宮《たみや》。

それが本心であるのか、自身から注意を逸《そ》らすためなのか。

議論には初参加でも、ここまで傍観者として、議論のやり方は学んでいる。

優れた生徒たちは、その経験で培ったスキルを駆使して議論を進めてきた。

背信者の存在は代表者の戦いでは不利な要素だが、背信者とそのクラスメイトには大きな恩恵がある。だからこそどちらのクラスの参加者も無理に追及したりはしない。

2

森下《もりした》の奇襲から始まった議論は、５分を迎え代表者たちの指名へと移る。

「開幕から随分と荒れた議論になったじゃねえか」

「そのようですね」

共に、まずは手堅く見守って受けた感想を口にする。

「さて──どうしますか龍園《りゅうえん》くん。それらしいヒントは幾つかありましたが」

先制で背信者の行使をしてきたと同時に、ここでも坂柳《さかやなぎ》が先に動く。

先ほどの議論では幾つかの足掛かりとなりそうな情報が早くも飛び出していた。

田宮の証言にあった視線を交差させた小宮《こみや》と小鳥遊《たかなし》。そしてその視線を指摘した田宮と中泉《なかいずみ》。このどちら側かが優等生のペアになっている可能性は、十分に考えられるだろう。

ただし、もちろんそこに絶対はない。それ以上でもそれ以下でもないヒントしか与えられていない中、第1ラウンドから仕掛けるのは相当リスキーになる。

だが龍園がここでパスを選択すれば、ラウンド終了時に坂柳には背信者の効力により参加者1名の情報が自動的に開示される。それを防ぐには対話を用い、背信者を除外しなければならない。また、龍園は指名を強行するにしても背信者は絶対に避ける必要がある。間違えて指摘すればライフを2つ失い、更に坂柳に背信者の権利が復活してしまうからだ。

となれば自クラスの生徒は必然的に指名し辛《づら》くなる。

龍園は一言も発さずに、冷静に先ほどの議論を振り返った。

誰が嘘《うそ》をついていて、誰が真実を話していたのか。

ここまでの2年間、一時その座を退いたとはいえクラスの王として君臨し続けた。

今、その真価が問われているのだ。

時間いっぱいを使い、指名を終えるといよいよ答え合わせの時間がやって来る。

『龍園くんは誤った指名を行ったため、ライフを1失います』

パスを選んだ坂柳に対し、指名を選択した龍園はリスクを承知で田宮が優等生だと判断した。だが痛手とは思っておらず、必要経費と割り切る。

相手が背信者の権利で仕掛けてきた以上、前に出なければならない。

「残念。外してしまったようですね」

「大した問題じゃねえ。だが偉そうな割にはおまえも後手に回ったじゃねえか」

「フフ、そうかも知れませんね。急がば回れですよ」

否定せず、素直に頷《うなず》いた坂柳《さかやなぎ》だが、本人にしてみれば慌てる必要は全くない。

むしろ早々に役職の生徒を当ててしまうことが勿体《もったい》ないとさえ考えている。

そういう意味では議論が早々と進展することは望ましくない。

ところが第1ラウンドで思いの外、優等生の可能性があるペアが2つも出てきてしまった。仮にこの時点で1人の優等生を当ててしまえば、必然次のラウンドでもう1人が狙われることになる。そうなれば引き分けは濃厚だ。背信者の権利が消失してしまうことを考えれば、早期の指名は釣り合わないと判断した。

一方、龍園《りゅうえん》としては早く議論を流してリセットするか、背信者を見つけ出したいところ。

そして対話の権利を誰にどう行使するかも強く問われる。

考えさせる機会を増やして苦しめる狙いもあり坂柳が待ちを選ぶのは当然だった。

『これより対話のため一時的に龍園くんが退室します』

ノータイムで対話を選んでいた龍園は、背信者を炙《あぶ》り出《だ》すためすぐに行動を移す。

「どうぞご武運を」

これで龍園が判断を誤ると、更にライフを失う恐れもある。

そんな坂柳が背信者に選んだのは宝島《たからじま》みこ。そして龍園が対話を選んだのは中泉《なかいずみ》だった。つまりこの時点で、このラウンドでの背信者探しはどう転んでも成功しないことを意味している。席を立ち教室を出て僅か2分ほどで龍園が戻ってくる。

ただ一言『おまえが背信者か？』そう問いかけるだけで答えが出るからだ。

龍園に嘘《うそ》をつけば即座に退学に追い込まれる危険性がある。

リスクを取ってまで守るプライベートポイントやクラスポイントなど無い。

背信者ではないと判断したため、ライフは失われず9のまま。優等生からの指名で1名が退室するはずだが、教師がブロックを成功させていたことが報告され退室者無しと告げられる。その後、背信者が議論に残っている坂柳には1人だけ配役情報が与えられた。

坂柳のタブレットに表示されたのは森下藍《もりしたあい》が卒業生であるということ。議論は進展の様相だが、この正体が判明したのは好材料だった。有能な森下が下手にその力を保持し続けると、議論の展開が早まる恐れがあるため早急な指名が求められる。

第2ラウンドが始まると、またも森下の追及が始まった。誰の正体を調べたのかはモニター越しには分からないまでも、新たな配役探しの行動が顔を出し始める。

代表者による指名の時間が訪れると、坂柳は迷わず森下を卒業生として指名。このターンで排除することを決定。一方の龍園もまた、森下を指名した。ただし、ここでは優等生では無いとだけ判断し、無用のリスクは避けた。

『森下《もりした》さんを龍園《りゅうえん》くんは役職有と、坂柳《さかやなぎ》さんは卒業生だと見抜いたため、龍園くんはライフを1失います』

互いに当てたものの、役職までは絞り切れなかった龍園のライフが8にじわりと減る。

背信者の潜むCクラスに手をつけない坂柳と、手をつけられない龍園。

今度は金田《かねだ》を対話に呼び出し、再び同じような時間で戻ってくる。排除できない背信者の効力によって、今度は島崎《しまざき》が下級生であることが坂柳に情報として伝わった。

ここで坂柳は一度戦い方を整理する。有益な情報をもたらす背信者だが、優等生か一般生が全員排除されてしまう前に龍園には見つけさせたい。背信者の生還を許せば、莫大《ばくだい》なプライベートポイントか無視できないクラスポイントを得られてしまうからだ。

現時点で確実に退室しているのは龍園が指名に失敗した田宮《たみや》と、卒業生だった森下の2名。残り12人。次の第3ラウンドも間違いなく龍園は指名を行うだろう。

その読みは当たっており、Aクラスの島崎を役職有として指名した。そして坂柳も同様に島崎を下級生として指名。同じ生徒を指名することで、優等生が新たに1名を排除させない狙いを持たせた戦略が的中する。

『島崎くんを龍園くんは役職有と、坂柳さんは下級生だと見抜いたため、坂柳さんのライフを1増やします』

下級生だと見抜き、本来坂柳のライフは2回復、だが龍園も役職指名を成功しているため坂柳のライフは差し引き1増える。結果10に回復した上で島崎の退室が行われる。

そこから龍園は、次の対話相手として角倉《すみのくら》を指名。またも空振りの選択。

ここで新たに坂柳に告げられた次の正体は、金田が上級生というものだった。

翌、第4ラウンド。坂柳はここが1つ判断のポイントだと考え金田を上級生として指名。

一方の龍園は再び勝負に出る。序盤から怪しかった小鳥遊《たかなし》を優等生として指名した。

『龍園くんは小鳥遊さんを優等生だと見抜いたため、坂柳さんはライフを2失います。坂柳さんは金田くんを上級生だと見抜きました。また坂柳さんには新たに2名の配役をランダムに開示します』

坂柳はライフを8に減らすも、即座にタブレットへと反映され2名の情報が開示。

小宮《こみや》と鳥羽《とば》が一般生であることが露呈した。これでライフは8対8。

4回目の対話で、ついに龍園は宝島《たからじま》を呼び出し背信者の正体を見破ることに成功。

残された参加者たちの中で優等生を絞り込んだ坂柳は、第5ラウンドで柳橋《やなぎばし》を優等生として指名、龍園は石田《いしだ》を役職有と選択した結果、優等生が0人になり議論が終了する。

坂柳の先制攻撃はそこそこの成果をあげたと言っていい。

これで龍園の残りライフは6。一方の坂柳は8。

スタート時点から考えれば逆転してリードを取ったことになる。

議論中はほとんど会話もなく、無言での指名による戦いを繰り広げた両者。

「次の議論では、是非とも背信者の権利を使用すべきでしょう。このまま宝の持ち腐れにしてしまうには惜しいでしょうから」

「さてな」

もちろん、背信者は使用する代表者を優位にするためのシステムだが、龍園《りゅうえん》には使いたくても使えない理由がある。切り札として取っているのではなく、とある理由から自らに枷《かせ》をはめて封印することを決めていた。

背信者の権利の無くなる次の議論では、対等以上に渡り合わなければならない。

第二議論

参加者

2年Aクラス

清水直樹《しみずなおき》　町田浩二《まちだこうじ》　吉田健太《よしだけんた》　福山《ふくやま》しのぶ　元土肥千佳子《もとどいちかこ》　矢野小春《やのこはる》　六角百恵《ろっかくももえ》

2年Cクラス

近藤玲音《こんどうれおん》　鈴木英俊《すずきひでとし》　時任裕也《ときとうひろや》　野村雄二《のむらゆうじ》　阿佐ヶ谷舞《あさがやまい》　椎名《しいな》ひより　藤崎稟菜《ふじさきりんな》

あえて代表者に選ばず優位に運ぼうと思っていた椎名が所属するグループを選択する。

不利な状況を変える展開を作り出してくれと、多少のある願掛けも含んでいる。

その期待とは裏腹に、坂柳《さかやなぎ》はCクラスの人選を見て微笑《ほほえ》む。

どう転ぶかは分からないまでも、仕込んだ爆弾を爆発させるチャンスが来たためだ。

3

第二議論が始まる。最初の1分間は他の議論と変わらない様相だったが、Aクラスの清水のある発言を皮切りに、場の空気が一変していくことになる。

「俺たちの議論が代表者の戦いにどう影響を与えてるのかは分からない。だからこそ出来ることをやる、っていうのが俺たち参加者の戦いだよな。1つ思ったことを言わせてくれ。1つ前の議論で背信者の権利を坂柳が行使したみたいだが、俺はてっきり今回の議論で使われると思ってたんだ。龍園のことを死ぬほど嫌ってるって噂《うわさ》の時任がいるしな」

「俺が龍園を嫌ってるからなんだって？　それと今の議論が関係あるのかよ」

「別にあるとは言ってない。ただ背信者がお似合いだったよな、って思っただけだ」

参加者による議論は、AクラスもCクラスもない。自分の配役を全うするのが全て。

しかし清水は議論に関係あるようで関係のない、存在しない背信者の話を口にする。

「それ今は関係ないんじゃないの清水《しみず》くん」

議論に参加するのが2回目になるグループのため初参加のCクラスよりも、落ち着きのある様子で、福山《ふくやま》が突っ込む。

「ふと思ったから仕方ないだろ。時任《ときとう》にしてみれば、龍園《りゅうえん》が勝っても面白くないんじゃないかってな。それともあいつが怖いから大人しく従い続けるだけなのか？」

明らかな安い挑発。暴言を使わず、それでいて時任を貶《おとし》めるような発言を混ぜ込む。

「……うるせえよ清水。黙れ」

「悪いが黙らない。この議論は発言が自由だからな。これは俺なりに参加者の配役を推理するために必要なことだと判断したんだ。どう見ても色々怪しいだろ、おまえってさ」

議論の場が徐々に騒然としてくる。

清水の挑発に乗った時任が詰め寄り、今にも殴り合いが始まろうとしていたからだ。

一番両者に近いAクラスの元土肥《もとどい》が止めるべく慌てて立ち上がろうとするも、それを止めたのは町田《まちだ》。この場は放っておくのが一番だと表情でアピールした。

「俺のどこが怪しいって？」

明らかに不機嫌、いや不機嫌を通り越した怒りを見せつつ時任が睨《にら》む。それでも清水は時任に対する発言を緩めようとはしなかった。

「言わなくても分かるだろ。普段からよく龍園とも揉《も》めてるんだし」

「わけわかんねえよ。あいつと揉めてるから何だって言うんだ」

どう考えても議論に関係がないと指摘する。だが清水は引かない。何故《なぜ》なら最初から関係がないことを理解した上で時任に狙いを定めているからだ。

「おまえ、龍園を蹴落とすために他クラスと手を組んでるって噂《うわさ》もあるぜ」

「え……そうなの？　時任くん今のホント？」

ここまで口を挟まず話を聞いていた藤崎《ふじさき》が、思わず問いただしてしまう。

「……清水の嘘《うそ》に決まってるだろ」

「本当に嘘か？　おまえらクラスメイトに気をつけた方がいいぜ。時任は絶対裏切るぞ」

「うるせえよ。何なんだよさっきから！」

「これは議論だ。怪しい奴《やつ》から質問攻めしていくのは当然だろ？」

「議論に関係ないだろうが！」

段々とヒートアップした時任は、声を張り上げる。突っかかってくれたことで手応えを感じた清水は、また時任を弄《いじ》るようなネタを口にする。

ここからは意味のない罵声に近いやり取りが2人の間で延々と繰り返される。

多くの生徒がそれを止められず、ただ困り顔で見守るしか出来ない。

誰が優等生で役職者なのか、そんな言葉は5分間一度も出ることはなかった。

4

騒然としたまま終わった最初の議論を見て、坂柳《さかやなぎ》が微笑《ほほえ》む。

「さて。どうでしょう龍園《りゅうえん》くん。第二回戦、一度目の議論が終わりましたが……早々と指名をするつもりはないということでしょうか？　それとも指名する材料を見つけられませんでしたか？」

相手の反応を見たいがために、清水《しみず》、時任《ときとう》の険悪な空気にはあえて触れず、からかうような言葉を投げかける。

「テメェこそどうなんだ坂柳。俺の様子なんざ見てないで指名しろ。簡単なもんだろ」

「そうはいきません。指名を進めてしまえばすぐに退室者が増えてしまう。それでは面白くありませんよね。それとも、気になる人物を早めに処理してしまいますか？　幸い私は背信者の権利をもう使い終わっていることですし」

「清水はテメェの仕込みか」

「彼だけではありません。私は特別試験の前に色々なクラスメイトと話をする機会があったので、時任くんがウィークポイントになる可能性があることを伝えておいたんです」

少しでも坂柳、クラスのために役立ちたいと考えた清水の時任への執拗《しつよう》な攻め。

「残念なことに今回のルールでは効果的な意味合いを持たせられないものになりましたが、

素直に私のアドバイスを聞いた上での彼の従順な行動は評価したいですね」

音声こそ今は切れているが、時任は明らかに苛立《いらだ》ちを募らせている。

「私たちの勝負に関しては、彼の暴走は大した影響を与えないでしょう。しかし議論に参加しているCクラスの皆さんや議論を見ているクラスメイトはどうでしょうか。時任くんの出方次第では、後に遺恨を残すことにも繋《つな》がりかねません」

この第1ラウンドでは、その時任と仕掛けた清水に不審点はなく、役職を持っていると断定することは現状どちらにも出来ない。だが面倒事を処理する気持ちが、強く働く可能性もある。

「ただ――時任くんを指名すれば、龍園くんが毛嫌いしてることは悟られるでしょうね」

タブレットを操作し終えた坂柳が決断を迷っている龍園を見る。

清水か時任か、無難にパスか。あるいはそれ以外の誰かか。

龍園が下した結論は……。操作を終えタブレットを机に軽く放る。

「ひょっとしてパスしましたか？　この段階であの2人を指名するのはあなたのプライドが許しませんよね？」

「テメェの安い挑発に乗る気はない」

「では、どちらかを指名したと？」

直後のアナウンスにより両者が選んだ答えが明かされる。

『坂柳《さかやなぎ》さん龍園《りゅうえん》くん、共に阿佐ヶ谷《あさがや》さんを役職有と指名しました。よって今回の指名は引き分けとします』

「どうやら見落とさなかったようですね。先ほどの議論では清水《しみず》くんと時任《ときとう》くんの両者が異常に目立ち人目を引いていましたが、その裏で阿佐ヶ谷さんの反応は明らかに浮いていました。自分の存在感が薄まることに感謝していたのでしょう」

時任の騒動を無視できない龍園だったが、しっかりと広範囲を見ていた。坂柳はパスも臭わせたが、それに引きずられることなく決断を下している。

「ですが騒動の2人が残れば、次のラウンド以降も問題が付きまといますよ」

「どうかな。こっちは――――」

何かを言いかけた龍園に問い返す坂柳だが、龍園は口角を上げモニターへと視線を戻した。その答えは画面の向こうにある、と言いたげな様子で。

5

第2ラウンドは、再び清水の時任を狙った発言から火蓋を切る。

「やっぱり時任が怪しいと思うんだよな、俺は。おまえが優等生なんだろ?」

「違う……」

一度時間が空いたため、少しだけ落ち着きを取り戻していた時任が否定する。

しかし清水は執拗《しつよう》に時任だけを挑発し続ける。

他の生徒が話そうとしても、それを遮り、時任、時任、時任と話を繰り返す。Ａクラスが一丸となって同じことをしていれば問題にもなりそうだが、あくまでも清水だけ。

「いい加減にしろよ清水！」

「な、なんだよ怖いな。俺はただ議論をしてるだけだろ、おまえが怪しいって」

「だったら理由を言えよ！」

「理由？　理由か。そりゃクラスを裏切るのも躊躇《ためら》わないところとか？　満場一致特別試験じゃ、龍園を退学に追い込もうとしたみたいだしな。いくら気に入らないからってクラスのリーダーにやることじゃないだろ」

「誰から聞いたんだよそんなこと」

そう聞いたのは町田《まちだ》だ。本気で話の出どころを知りたがっているというより、知っていること前提の口ぶりなのは明らかだった。

「それは言えないけどなあ。龍園のクラスにはペラペラ喋《しゃべ》ってくれる奴《やつ》が多いんだよ。にしても下剋上《げこくじょう》を失敗しといてよく学校に通えるよな。俺なら恥ずかしくて登校できないかもしれ――」

「いい加減にしろ」

何とか堪《こら》えようとしていた時任《ときとう》だが、許容できる限界を超えたのか、勢いよく立ち上がる。自身の椅子が倒れるのも構わず、その勢いで離れた位置から口を一向に閉じようとしない清水《しみず》に詰め寄った。

「……これは議論なんだよ時任。俺はただルールの中で配役を見つけたくて喋《しゃべ》ってるだけなんだ。それを止める権利なんておまえにないんだぞ」

時任の迫力に気圧《けお》されつつも清水は一歩も引かない。

むしろ、暴力を振るわせることが出来れば確実にクラスの役に立てる、そういう意味では煽《あお》り続けた意味もあると、清水は最後まで挑発を続けることを決意した。

「どうせ次に切られるのはおまえだ。だったらその前に龍園《りゅうえん》を裏切れよ」

言葉で止められないのならと、勢いに任せ振り上げる拳。

これを清水に振り下ろせば黙らせることが出来る。龍園はペナルティを受けるが、嫌っている相手が困ったところで───。

「時任くん。拳を降ろして頂けませんか」

誰も時任の味方をしない。

そんな空気の中、音もなく隣に立った椎名《しいな》がその震える拳を優しく止める。

「清水の言ってることには腹が立つが、半分は事実みたいなもんだ。俺は龍園の奴《やつ》が気に入らない。どうせならこんな試験滅茶苦茶《めちゃくちゃ》になってしまえばいい」

自暴自棄な発言をして、椎名《しいな》にそこをどけと睨《にら》みつける。

「それなら私を無理やり振り払えばいいのではないでしょうか」

「……そうして欲しいのか？」

「時任《ときとう》くんに、それが出来るのなら、ですが」

「だったら……！」

グッと自分の拳に力を込めるも、椎名は一切怯《ひる》まない。

本当に手を振りほどくかもと思わせたい時任の思惑は、通じる様子がなかった。

「時任くんはそういう人じゃないですから」

「なんでそんなこと分かるんだよ……」

「龍園《りゅうえん》くんが言っていました。時任くんは女子に乱暴なことは絶対にしないと」

「は？　龍園の奴《やつ》が……？」

「私と時任くんが同じグループになったのは、きっと偶然じゃありません」

「……どういうことだ」

「龍園くんはこうなった時のために私をこのグループに配置したんだと思いますよ」

「あいつが……!?」

一瞬驚くも、その理由を邪推してすぐに納得する。

「最初から俺を信用するはずがないしな。椎名に監視させるためか」

「本当に信用していないからなのでしょうか。時任くんが困った時に助けられるように配慮をしたとは考えられませんか？　もし嫌っていたとしたら、この大事な特別試験、議論でこのグループを指名する必要はありません」

「それは───」

実際、他のグループが呼ばれる中、時任は考えていた。

自分のグループを使う義務がないのなら、試験に出ることはないだろうと。

「あなたが必要なんです時任くん。ここでペナルティを受ける行動を取れば、龍園くんの信頼を失うだけでなく、クラスでの居場所がなくなってしまいます」

「……俺に居場所なんて……」

「ありますよ。今までもこれからも」

握り込まれていた清水《しみず》を殴るための拳が、解かれていく。

場の空気から、再び時任に捲《まく》し立《た》てるのは憚《はばか》られる清水。

それでも何とかもう一度怒らせてやろうと考え、Cクラスの生徒が責任を押し付けてくるようなら反撃する気構えを作る。

「だったら清水に詫《わ》びくらい入れさせようぜ」

近藤《こんどう》が言われ損だと不満を漏らす。

「煽《あお》る清水くんに問題が無いとは言いません。ですが、それは後ろに坂柳《さかやなぎ》さんの影があるからでしょう。彼を責めるのは少し違う気がします」

椎名《しいな》は仕掛けた清水《しみず》の事情も配慮して非難するようなことはしなかった。

この一言で時任《ときとう》と近藤《こんどう》、そして清水側も反転攻勢に出るのが難しくなった。

「さあ、まだ少し時間もあります。議論をしましょうか」

凍りついた場の雰囲気もどこへやら、弛緩《しかん》した空気に変わっていく室内。時任は言葉にはせず椎名に頭を下げて謝罪をすると、自ら倒した椅子を起こし座り直した。

6

一触即発。暴力行為及びペナルティのリスクまであった第2ラウンドは、椎名の献身的な行動により未然に防がれた。

これは単に偶然が呼び起こした奇跡ではないことを、坂柳《さかやなぎ》はすぐに理解する。

「——なるほど。時任くんがあなたのクラスに不満を持っている。そのことを私が利用してくるであろうことを予見していた、と。そのために椎名さんを時任くんと同じグループに配置していたわけですか」

「時任が暴走すりゃ、それを止めるのは楽じゃねえからな。見ての通り他の奴《やつ》じゃ火に油を注ぐだけ。誰を差し向けても基本的には似たようなもんだろ」

「何故《なぜ》椎名さんなら止められると？」

「ククッ。あいつはおまえに入れ込んでるように女にゃ甘いからな。振り上げた拳を女に叩《たた》きつける度胸なんざ持ち合わせていねえ」

「反乱分子を予め《あらかじ》処分しておく、そんな考えはなかったのですか？」

「時任の暴走なんざ、反乱とも言えねえ火遊びさ」

「彼に成長する場を与えるとは——。見た目に反して随分とお優しいのですね」

「どこかの誰かが、そういうことを好んでるようだからな」

環境にあるものを使い他人を成長させる。綾小路《あやのこうじ》がよく用いる手法だ。

全く似て非なる存在であるものの、龍園《りゅうえん》に僅かながら綾小路の気配を感じ取る坂柳。

そんな龍園と戦っている自分が、想像よりも楽しんでいることを知る。

「ですが、一緒なのは誕生日だけに留《とど》めてほしかったところです」

思いがけない突っ込みに龍園が笑う。

「ハッ、そんなことは俺の知ったことじゃねえな。それはあいつが真似《まね》してきたんだろ」

代表者から外した椎名をしっかりと活《い》かし、時任の立ち位置をAクラスが利用してくることも計算に入れていたこと。坂柳は素直に龍園の取った戦略に感心する。

もちろん危なっかしさが無いわけではないが、それもまたこの男ならではか。

この特別試験の具体的な勝敗に左右するかどうかは別として、少なくともAクラスとC

クラスという観点からは、龍園《りゅうえん》サイドが勢いを得た形だ。

『両者パスを選択したため優等生による指名に移ります』

このラウンドは互いにパスを選択。椎名《しいな》がターゲットとなり姿を消すことになる。そして次の第3ラウンドでは再び時任《ときとう》に噛《か》みつく清水《しみず》だが、もう時任は苛立《いらだ》ちを見せない。椎名の期待を裏切ることは出来ない、そんな決意が画面越しに伝わってくる。

『龍園くん、坂柳《さかやなぎ》さんは町田《まちだ》くんを優等生だと見抜いたため、引き分けとなります』

パスを1回挟み再び引き分ける両者。時任の支えとなった椎名を即座に除外したことで停滞していた議論が加速していく。

「こうなると清水くんの指名も避けられそうにありませんね」

「俺も同じことを思っていたところだ」

両者一言ずつそう言葉を交わす。

そんな次のラウンドの指名。

『坂柳さん、龍園くんは六角《ろっかく》さんを優等生だと見抜いたため、今回も引き分けとなります』

両者宣言とは異なり、目立っていた清水ではなく優等生が六角だと的中させる。

これで第二議論は終了となり、どちらもライフを変動させない珍しい展開となった。

そして第三議論に突入しても状況は大きく変わらず膠着《こうちゃく》を見せる。

ラウンド1、2と両者のパスが続いたかと思うと、ラウンド3からは同時に攻めに転じ役職有をラウンド連続で指名し合い引き分ける。続くラウンド5では龍園が下級生を役職有と指名しライフを7に回復。続くラウンド6ではまたも両者パスで引き分けとなった。

「あなたの粘りがこうも続くとは思いませんでした」

「俺も読み違えてたぜ。口先だけじゃなかったんだな」

想像以上の長期戦に健闘を称《たた》え合《あ》う。坂柳は危ない橋を渡ることはなくこの議論ではまだ一度も配役名までの指名を行わなかった。臭いと思ったところは攻めない姿勢を取る。

結果ラウンドは深くまでもつれ、一般生が全員退室し残った優等生が勝つという珍しいパターンを見せた。

「水くらい用意してねえのか？」

インターバルが訪れ、龍園がそう要求すると試験官が慌ててペットボトルを持ってくる。それを乱暴に受け取ると、キャップを開け一気に半分ほど流し込んだ。

「水分補給は大切です。慣れない頭を使い思いの外、体力を消耗しているのでしょう」

自分には不要だ、そんな嫌味《いやみ》を込めたセリフだったが龍園は気にも留めない。

「そんなに綾小路《あやのこうじ》くんと再戦したいのですか？　あなたでは勝てませんよ」

「今はな。だが執拗《しつよう》に狙い続けりゃ、あいつもどこかで隙を見せるだろ」

「そうだと良いですが。綾小路くんはそれほど手ぬるい相手ではありませんからね」

詳しく話す気など無い癖に、マウントを取ってくる。

「どこまでも嫌な女だな」

「ありがとうございます」

近づいてくる第四議論の時間。どちらも相手を本気で潰しにかかる。

新たな議論では坂柳《さかやなぎ》が役職有を見抜くと同時に龍園《りゅうえん》が指名をミスすることでライフを2つ失ってしまう。流れが坂柳に傾くかと思われたが、ラウンド4、5では役職有と優等生をまたも互いに言い当て連続で引き分ける分からない展開に。第6ラウンドを互いにパスした後、第7ラウンドでは、再び両生徒が優等生を当てて勝負を終えることとなった。

大将同士の戦いが始まって、既に3時間以上が経過した。

議論は第五に突入しようとしている。

「お互い、中々決定打とはなりませんね」

「そのようだな」

龍園のライフは5、坂柳のライフは8。

長い間指名を繰り返し、どちらも一歩も譲らない。

しかしそれでも差が生まれてくる。

第五議論のラウンド2では、龍園が誤った指名でライフを4に減らす。

ここまで冷静に立ち回り、時任《ときとう》の勢いを受け戦う龍園だったが、肝心の坂柳には一歩届かないもどかしい時間を強いられ続けていた。

その中で、嫌でも考えさせられることがある。

自分の読みが坂柳を上回れない、という現実。

事実坂柳は決定的なミスを一度も犯していない。

ただの一度の指名ミスもなく、僅かなミスによって龍園はライフを失っていく。

ジリジリと崖に追い詰められていく感覚。

「テメェには何が見えてる坂柳」

「あなたが気付くことに私は必ず気付きますが、私が気付いたことにあなたが気付かないことがある。それだけのことじゃないでしょうか。しかし、あなたも我慢強い。そろそろ背信者の権利を行使して流れを変えるべきではありませんか？」

少しずつライフを奪われている以上、不利な状況と言う他ない。

流れを変えるには、龍園だけに残された権利を使うのが一番早い。坂柳はもっと早い段階で背信者の権利を行使してくると踏んでいたため、その点では怪訝《けげん》さを覚えていた。

ライフが半分以上減ってしまっていることから、下手をすれば次の議論で龍園が敗北することも考えられる。そうなれば行使することなく負けが決まってしまう。

それだけは絶対に避けたいと考えるのが自然なことだ。

だからこそ第五議論からその先の第六議論への布石を打つ。

使うべきだと提言することで逆に温存させる狙いだった。

ラウンド4で、龍園《りゅうえん》は勝負に出た。

残った参加者の中で一番優等生だと考えられる人物が誰なのか。

目で見て耳で聞いて、己の脳で弾《はじ》き出《だ》した答えを信じ仕掛けて出る。

『龍園くんは西《にし》さんを優等生だと見抜いたため、坂柳《さかやなぎ》さんはライフを3失います』

坂柳から先手を取り、1人目の優等生を見つけ出すことに成功する。

「……やっと差を詰められたな」

僅かに高鳴った鼓動を温かく迎え入れるように、龍園はニヤリと笑った。

「そのようです。薄い確率を引き当てられたようですね」

議論では口数の少ない生徒が多く、両者共に決定的な材料は手にしていない。

「いえ、そんな単純なものではありませんね。少なくとも今回の指名に限ってはあなたの洞察力が私を上回っていたのでしょう」

相手を認める時は認めなければならない。龍園はそれに値する生徒だ。

今の一撃は紛《まぎ》れもなく大きかったが、次のラウンドでは逆の現象が起こる。

『坂柳さんは帆足《ほあし》さんを優等生だと見抜いたため、龍園くんはライフを3失います』

坂柳は1つ前の龍園の指名によって明かされた優等生をヒントに、残ったもう1人の優等生に気が付いていた。

「テメェ……」

「あなたのお陰で、残った優等生を見つけることが出来ました。感謝いたします」

西が優等生だと分からなければ辿《たど》り着《つ》けなかった答えを坂柳は見つけ出した。

束の間の喜びもどこへやら、これでライフは龍園1、坂柳5。お互いに優等生の指名を成功させるも、引き分けと違い指名がずれたことで状況は一気に加速した。今回の議論が終了し、インターバルがスタートする。

「これであなたはいよいよ、ミス1つ許されない状況になりましたね」

坂柳は次の議論での勝ち筋が見えたからこそ、慢心なく挑むことを決意する。

一方の龍園は、目を閉じ天を仰ぐ。

坂柳の先の一手は絶対に防がなければならなかった。

しかし自分が優等生の指名に成功したことで、僅かに安堵《あんど》が生まれてしまった。

もう少し様子を見よう、そんな風に指名を見送ったことが仇《あだ》となった。

だがもう取り返しはつかない。微《かす》かに見えた逆転の兆しが霞《かす》んでいく。

ここまでか……？　ここまでなのか？

綾小路《あやのこうじ》に自らの実力を示すため、真っ向から坂柳に勝負を挑んだ。

考えられる自分の知略をぶつけ全てを曝《さら》け出した。

それも一歩及ばず、差は詰まらない。

次の議論が間違いなく最後の決戦になる。

チャンスがあれば、坂柳《さかやなぎ》はリスクを恐れず指名してライフを削りに来るだろう。

背信者の権利を残さず使用していれば、もっと競った勝負が出来ていたか？

一瞬そう考えるも、それだけではイーブンにまでも届かなかっただろうことも悟る。

ここまでの立ち回りから見ても、坂柳は素早く背信者を排除してみせただろう。

打つ手は無くなった。

後はもう、ただ14分の2に潜む優等生を指名して奇跡を信じることだけ。

万が一、一度その奇跡が通じても二度はまず通じないだろう。それでもやるしかない。

ただ最終的な運任せの決着はどうあれ、実力で押し切られ続けたことは間違いはない。

負けた時どんな感情になるかと思っていたが、当人はむしろ少し晴れやかだった。

龍園《りゅうえん》も、ここにきて認めざるを得ないためだ。

目の前の小さな同級生は、その見かけとは裏腹に確かな実力者であると。

特別試験の先を読む力、視野の広さ、何よりミスのない鉄壁の守りを敷いている。

龍園が虚勢やハッタリ、脅しなどによる威圧を主に用いるとするなら、坂柳は自己の中にある確信を武器にして戦う。真っ当な戦いで挑んだ時、まだ自分は坂柳に及ばない部分が多いことを自覚する。

「――ったく、こんな展開になるとはな」

龍園ライフ残り1、坂柳残りライフ5。

何度モニターを見たところで、現状のライフが変わることはない。

「打てる手はもう限られているでしょう？　まずは権利を使いましょう」

ここから逆転する可能性を残すには温存してきた『背信者』を紛《まぎ》れ込ませること。

そうアドバイスをする坂柳だが、それは嘘《うそ》だと龍園は見抜く。

「俺が背信者をここで使ったところで逆転することはない。むしろ勝率を落とすだけだ。ここまで殺《や》り合ってきたんだ、戦況が見えないほど落ちぶれた覚えはないぜ？」

幾ら切り札になり得るとしても、既に手遅れと言える。

背信者を行使すれば、パスをしてラウンドを進めたいという欲求が生まれる。

難しい確率で優等生を当てなくても何とかなると甘い方に心が流れてしまう。

つまり背信者の権利を行使したところで、得られる恩恵を実感するには時間がかかる。

1人か2人の情報が開示されたところで、結局は目を瞑《つぶ》って2連続で優等生を当てにいく必要がある。その賭けに成功しても、恐らく坂柳はどちらかは最低でも防いでくる。

そして議論の中から役職者を見つけ、先に自分を倒しきるだろう。

まさに終局が見えた形だ。

「なるほど。それくらい見通す知恵はまだ残っていたようですね」

ならばいっそ、背信者の権利も使わず華々しく散る方が龍園らしいか。

「おまえは強――――」

中途半端なことを言いかけたと、自分の中で反省が生まれる。

「この勝負……俺の負けだ」


自分の本心を引きずり出した、一足早い敗北宣言。

口にするのに抵抗はあったが、いざ言葉にするとすっきりとした気持ちも生まれる。

それは紛《まぎ》れもなく坂柳《さかやなぎ》が一枚上手だったと感じていた証拠だ。

「どうやらあなたにもこの戦いのチェックメイトが見えたようですね」

「ああ。認めるぜ」

「あなたもよく戦いました。褒めるに値する実力者だったことを素直に認めます」

実際、坂柳はこの勝負が終わることを残念にも思っていた。

もう少し龍園《りゅうえん》の戦い方を見ていたかったと、親心にも近い感情を抱いていた。

そんな相手からの敗北宣言を受けつつも、坂柳に油断や慢心は無い。

擬死、つまり死んだフリをして逆転を狙ってくることを考慮しているからだ。

鋭い眼光を横目に見て、思わず龍園は吹き出す。

「警戒心を緩めない辺りも食えねえ女だ」

「当然でしょう。学校からの結果が出るまで、私は微塵《みじん》も手を緩めませんよ」

最後になるであろう次の議論まであと3分ほどある。ライフ1、残った背信者の権利。

「ちっ……」

不意に舌打ちがこぼれる。

「何に対する舌打ちです？」

「いや、別に。……あいつは俺がこんな風に負けることを読んでたのかも知れねえな」

今日のことを回想していた龍園《りゅうえん》は、無意識のうちに舌打ちが出た。

「綾小路《あやのこうじ》くんのことですか？」

「ああ。朝、あいつは特別試験の説明を受けた後に俺を呼び出しやがったのさ」

「綾小路くんが龍園くんに、視線を向けていたことは知っています。お手洗いに行かれていましたよね。多少のやり取りがあったことは想像していました」

当然、そのことを把握していた坂柳《さかやなぎ》が思い出しつつ頷《うなず》く。

「その時に奴《やつ》は言ったのさ。俺が負けることになったら坂柳に伝言を頼むってな」

「なるほど。それで読んでいた、ですね」

綾小路の予言通り、龍園は敗北の寸前にまで追い込まれた。

「聞きましょう。彼は私にどんな伝言を残していたんです？」

その伝言の話が本当か嘘《うそ》かは、話の内容を聞けば判断できる。

だからこそ坂柳は興味を持った。ところが龍園からは、意外な言葉が戻ってくる。

「さあな。俺に分かる確かなことは、その伝言を持ってるのが橋本《はしもと》ってことだけだ」

「橋本くんが……？」

「しかもこの特別試験でしか分からねえ伝言だとよ。本当かどうか知らないがな」

そんなことを言われたなら、坂柳が興味を持たないわけがない。

「もしおまえが最後の議論で橋本のグループを選ぶなら、背信者の権利を行使してやる」

この戦いが始まった時、真っ先に坂柳が除外した橋本が所属するグループの起用。

勝負が決しようというこの時、綾小路からの伝言からその橋本を使うという展開。

きな臭いものを感じずにはいられないだろう。

「まだ勝負を諦めていないということですか」

「そう思うのなら好きにしな」

坂柳の本能は『この提案には乗るな』というもの。

勝つ確率が限りなく100％に近いこの状況で、僅かでも確率を下げる行為は愚策。

しかし、龍園が嘘を言っているとは思っていない。

これが綾小路の伝言であると感じているからこそ、無意識に警戒心が高まったのだ。

だが同時に、綾小路の伝言を知りたい欲も出てくる。

「あなたが背信者の権利を残していたのがこの時のためだとすれば、あなたは私に対してハンデを負って戦っていたことになる。それは少々気に入りませんね」

「完全に失敗だったぜ。さっさと使っときゃ良かった」

背信者を使わずに勝つつもりで挑んだのは確かだが、押し切られる前に使う手立てはあった。なのに、綾小路《あやのこうじ》の伝言が気になり権利を使いきれなかった。

坂柳《さかやなぎ》が橋本《はしもと》を起用することなど起こらない。

だからこそ本気で後悔している。龍園《りゅうえん》は自嘲する笑いを見せて手首を振った。

「しかし橋本くんを介しての伝言とは、一体何を考えているのやら」

「俺にも分からねえ。だが、勝手な憶測を立てるならお膳立てだろ。背信者には唯一退学のリスクが伴う。橋本の奴《やつ》が白《しら》を切りゃ退学に追い込めるからな」

龍園が橋本を背信者に指名し、坂柳が対話で呼び出す。

そして橋本が見逃された場合、橋本は大金を得る。

その一方で正体を知っていれば迷わず坂柳は断定を下し、橋本を退学に出来る。

「あいつは自分が背信者に選ばれるはずがないとタカをくってる。おまえの揺さぶりでも知らぬ存ぜぬを通すかもな」

「確かに彼がその手段を取れば退学のリスクはありますが、それは難しいでしょう」

背信者という配役は非常に不利だ。

正体がバレたが最後、指名された段階で高確率で告白することになる。

もちろん断定した生徒が背信者でなければ代表者はペナルティを受けるが、それもライフを1つ失うだけで大きなデメリットではない。

　橋本自身、自分が背信者に選ばれる可能性は高くないと考えているだろうが、背信者の権利を龍園が行使すれば裏をかいて選ばれることもある。この話がなかったとしても、坂柳が怪しむ対象であることに変わりはなく、少なくとも対話に呼び出しはするだろう。

「私が彼を呼び出した段階で、間違いなく告白しますよ。こちらは断定を恐れる必要がないのですから、背信者だと認めない行為は彼の退学を意味する」

　もし坂柳のライフが残り1で後がなければ話も違うかも知れない。しかしライフが5つある以上、白黒に関係なく橋本に対しては断定以外の選択肢は存在しない。

「淡い期待をしているなら無駄ですよ。橋本くんが白か黒か関係なく、私は断定します」

「そんなことは分かってる。なら、おまえの自慢の腕を見せてみろ。橋本をおだてて断定しないと思い込ませれば奴は俺と共に落ちるかもな」

　こんな時、もし、を考える。

　もし、予《あらかじ》め龍園が橋本と契約を交わしていたとしたらどうだろうかと。

　これが早い段階で龍園によって仕掛けられた罠《わな》だとしたら？

　しかし今回の特別試験の詳細が明らかになったのは今朝のこと。その段階で代表者と参加者は完全に隔離されていて、やり取りをする隙は一分もなかった。

　背信者として嘘《うそ》を突き通したことで、万が一退学した場合に救済する約束、そんな契約は結びようがない、ということ。
いや————。頭からその可能性をあえて排除せず、坂柳《さかやなぎ》は本当の、もし、を考える。
もし、特別試験のルールが予《あらかじ》め全て筒抜けになっていたとして。
龍園《りゅうえん》が橋本《はしもと》にそんな契約を持ち掛けていたかどうか。
否、それは100%あり得ない。
橋本が告白するしないに関係なく、坂柳はただ背信者だと断定するだけでいい。
何も考えず、それを選択するだけで逆転はない。
やはりこの出来事は龍園が起こしたものではなく綾小路《あやのこうじ》が生み出したものか。
「本当に綾小路くんからの伝言があるのかどうか、確かめるとしましょうか」
坂柳は橋本のグループを議論に選ぶ。
そして龍園も適当にグループを選び、背信者の権利を選択する。
これは両者、一切の嘘《うそ》がない綾小路の伝言に従っての行動だった。
議論が始まる。
だが龍園は目を閉じて議論を行っているモニターへと視線すら向けていない。
「策を弄していないと、わざわざ体現してくださるなんて優しいですね」
「俺は悪あがきは嫌いじゃないが、綾小路の口車に乗った自分が許せねえのさ」
今回に限っては、龍園は実力で坂柳をねじ伏せると綾小路に自ら宣言した。

それが叶《かな》わなかった以上、この勝負はもう終わっている。

坂柳は、念のため議論に目を通す。

1ラウンドで得られる情報は限られているものの、何人か役職の可能性を感じ取った。

そして万全の状態で対話の時を迎える。

杖《つえ》を手にして、ゆっくりと教室を出ていく坂柳。そんな坂柳を見送り、龍園は天井を見上げると力を込めて自分の膝に拳を振り下ろした。

終始リードを許し、坂柳に追い付くことが出来なかったことを悔いる。

「クソが……」

ここで終わりたくはない。

終われば、自分の成長はここで止まってしまう。

だがその願いはもう叶わない。

龍園翔《かける》は負けたのだ。

○本当は――

特別試験開始前。先にトイレに到着した俺は並んでいる個室の一番奥の扉に凭《もた》れかかり、綾小路《あやのこうじ》を待っていた。

腕を組み警戒心を強めつつ、坂柳《さかやなぎ》との戦いに向けて集中力を高める。直前にルールが開示されたため、どのように戦うべきか頭の中でシミュレーションを繰り返す。

代表者と参加者が完全に切り離されたことで、事前に仕込んでおいた戦略は残念ながらそのほとんどが利用できないが、それは坂柳も同条件だ。文句を言うところじゃない。

それに学力で競う勝負だったなら勝敗は決していたようなもの。まずは最初の関門を越えたと言っていい。

絶対の保証など無いからこそ面白い。

久々に、ヒリヒリと肌を刺すような感覚が俺を包み込む。

出たとこ勝負、もしこの試験で坂柳に負けるようならそれまでだ。

綾小路に対するリベンジは、最悪学校の外に持ち越すって手もある。

少し時差を置いて、奴《やつ》がやって来た。

いつもの無表情、その不気味な綾小路の雰囲気を当時は感じ取れなかった。

だが今では嫌という程に奴の異常さを感じることが出来る。

「オレの呼び出しには気付いていてくれたようだな」

「さっさと用件を言え。悪いが今日はおまえに気を配ってる暇はねえんだよ」

こっちの急《せ》かしを受けても綾小路は眉一つ動かさない。

「特別試験が始まってから終わるまでの間に、龍園《りゅうえん》を通じて1つ坂柳に伝言を頼みたい」

「あ？　伝言だぁ？　だったらテメェで言えよ。ふざけてんのか？」

坂柳の奴は、グループ決めから今さっきまで待機室で大人しくしている。

話しかけるタイミングなんて幾らでもあることだ。

「特殊な伝言だ。特別試験の最中にだけ届けたいメッセージがある」

俺と坂柳のタイマンが成立した段階で意味のある伝言ってことか。

「ハッ、意味が分からねえな」

「分からなくてもいい。伝言はあくまでも坂柳に伝わればいい」

一体何を企《たくら》んでやがる。

無いとは思うが、坂柳と手を組んでるって可能性もあるのか？

「安心しろ。オレはおまえの味方じゃないが坂柳の味方でもない。単なる傍観者だ」

動向を窺《うかが》っていた俺の思考を読んで、そう補足しやがった。

「面倒なことに俺が協力して得はあるのか？」

「悪いが特にない。嫌なら断ってくれても構わない。それにおまえが坂柳《さかやなぎ》に勝つ展開になるなら、この伝言は必要ないものでもある」

素直に綾小路《あやのこうじ》の協力をする気はなかったが、今の一言は聞き捨てならない。

「俺が負けると？」

「そうは言ってない。伝言が少し特殊なだけだ」

訳の分からねえことを言いやがる。

「もし勝てないと判断したら、その時にオレの話を思い出してくれればそれでいい」

気に入らねえが、この男は異様なまでに先を見てやがるからな。

少なくとも無意味な行動ではないんだろうさ。

「生憎《あいにく》と俺に負ける予定は全く無いが、一応聞いておいてやる。何を伝えりゃいい」

こんな回りくどいことをしてまで、坂柳に伝える内容には多少興味が湧く。

だが――――。

「その伝言の内容は橋本《はしもと》に伝えてある」

「あ？」

綾小路は、ここでも俺の想像の斜め上を越えることを口にしやがった。

「だから坂柳には、伝言を橋本から聞けと言ってくれればいい」

「ふざけてんのか？　どうやって試験中に橋本と話をさせるつもりだ」

「簡単だ。橋本を背信者にすればいい。そうすれば対話で1対1の状況が生まれる」

どこまでもふざけたことを抜かしやがって。

「笑わせんな。橋本なんざ誰も信用してない蝙蝠《こうもり》野郎だ。あの坂柳が俺との勝負で橋本のグループを使うわけないだろうが」

橋本に背信者の権利を使うこともバカらしいが、その前提すら成立するはずがない。

「それは状況次第だ。展開次第じゃそう難しいことじゃない」

無理に伝えろ、そんな感じじゃなさそうだがどこまでも腹の立つ野郎だ。

「縁がなかったな。意味があるのか無いのか知らねえが、その伝言とやらは試験が終わってから直接自分で伝えるんだな。会う時間くらいは残されてるだろ」

「特別試験の中で坂柳にしか感じ取れない特殊なメッセージだ」

「俺に背信者の権利を使わせねえつもりか？」

坂柳は十中八九、橋本の野郎を使ってきたりはしないだろうが橋本を使ってきた時のために背信者の権利を残しておかなければ、今の伝言話は不可能になる。

「そうなるかもな」

「笑わせんな。伝言が坂柳に届くことはないぜ」

真面目に考えるのが馬鹿らしくなるような、綾小路の謎かけを頭の片隅に追いやる。

「使いたければ好きなタイミングで使えばいい。強要はしない」

そう言い残し、さっさと切り上げていった男の背中を見届けて俺は強く舌打ちする。

「何が伝言だ。クソが、無駄に使いにくくさせせんじゃねえ」

これから厳しい戦いを強いられるってのに、とんでもねえことを要求してきやがった。

1

龍園《りゅうえん》から背信者の権利が行使され、代表者による対話が行われる。

「なんか嫌な感じしかしないんだよなぁ」

先に到着していた橋本《はしもと》が、笑いながら教室に姿を見せた坂柳《さかやなぎ》にそう呟《つぶや》いた。

「俺のグループが選ばれたタイミングで、龍園が背信者の権利を使った。流れが悪い」

そう言い、椅子に深く背中を預ける橋本。

目の前の席に杖《つえ》をつきながら歩いてきた坂柳が着席する。

「代表者の戦いがどうなってるのかは聞けないが、どうみてもクライマックスか」

「どうでしょう。ここでお答えできないのが残念です」

橋本が望む答え。龍園が優位に事を運んでいる、そんな展開を期待している。

だが目の前に座る坂柳には余裕の色さえ見て取れた。

「……まあ、それはいいさ。どうせ詳しいことは終わらなきゃ分からないんだしな。それよりもどうして俺のいるグループを使ったんだよ坂柳」

　答えから逃げるように、話を少しずらしてそう問いかける。

「あら。敵と認識した以上は遠慮なく呼び捨てですか？」

「ここには一応、俺とあんただけだからな。何も取り繕う気はないぜ」

「いいでしょう。あなたも相応の覚悟を持っていることは分かっているつもりです」

　橋本は涼しい顔をしてはいるが、心拍は平常時よりも遥《はる》かに速い。

　渇く喉を必死に唾液で濡《ぬ》らし、いつも通りを装う。

「あなたは龍園くんと手を組むことを選んだ。一世一代の勝負に出たにしては、身動きの取れない特別試験になってしまったのは残念ですね」

「全くだぜ。裏切ることで勝負をひっくり返せる、そんなものを期待したんだけどな」

　ほぼ正反対の結果だったため、残念だったと大げさにアピールする。

「俺のグループを使ったのはどうしてだい？　干渉できないにしても、あんたなら絶対に隙を見せるはずがないよな。世の中何が起こるか分からないんだ」

　橋本を起用するメリットはなく、デメリットしかない。

「そうですね。今回の特別試験、そちらの予想通り起用する予定はありませんでしたよ」

「だったらどうしてだ。この対話には何の目的があるんだ？　まさかここで俺を退学に追い込むつもり、なんて言い出さないよな？」

そんなことは絶対に不可能だ。橋本《はしもと》には当然の如《ごと》く確信がある。

「期待には沿えないがさっさと告白しようか？　俺が背信者ですって」

「それは困ります。私はあなたの告白に一切の興味を持っていませんから。私が橋本くんをお呼びしたのは、あなたが綾小路《あやのこうじ》くんから聞かされた伝言の内容を知るためです」

「……伝言？」

「ここには私とあなたしかいないのですから、隠す必要もないでしょう？」

「いや、ちょっと待ってくれ。何のことを言ってるのかが分からないのさ」

戸惑いを見せつつ、橋本は腕を組み考える。

「特別試験の前に、綾小路くんに会ったのではないですか？」

「確かに綾小路には会った。だがあんたへの伝言なんて受け取ってないぜ」

「時間は限られています。あなたが彼に託されたのであれば、無意味に焦《じ》らす必要があるとは思えないのですが」

「いやいや、マジで心当たりがないんだよ。ちょっと待ってくれ、思い出すから」

確かに橋本は綾小路に会った。

だが、坂柳《さかやなぎ》への伝言を頼まれた覚えは本当に無かった。

必死に記憶を掘り起こす。

「あぁいや……まさか……アレか？」

「やはり思い当たる節があるようですね」

「……いや、アレは絶対に伝言じゃない。ただ……」

そう言いかけて、橋本は口を閉ざす。

「なんです？」

「特別試験に挑む時1つだけ忠告されてたのさ。自分に嘘《うそ》をつくなって」

「あなたは嘘つきですからね、それに対する忠告でしょうか」

しかし、確かにそれは橋本が発言を躊躇《ためら》ったように、坂柳への伝言ではないだろう。

「な？　正直それ以外には何も無いんだよ。伝言なんて」

坂柳は考える。この件に関しては橋本が嘘を言っているようには見えない。その一方で龍園《りゅうえん》が嘘をついているようにもやはり思えない。既に勝負を諦めたのは、議論を見ていなかったことからも間違いないだろう。なら、残る答えは1つだけになる。

「あなたは綾小路くんから伝言を託された。しかし、それが伝言であることを知らされていないのでしょう。だから記憶を探っても答えを見つけられないのです」

「なんだそりゃ。もしそうなら、どうしようもないぜ？　さっぱりなんだからな」

「心配いりません。その伝言は私が見つけ出します」

そのためには対話の時間を最大限に使う必要があるだろう。

「試験官の方に先に伝えておきます。今から彼が背信者かどうかを問いますが、今の段階ではどう答えるのかを聞かせて頂くだけです。彼の言った言葉を告白とは受け取らないで頂けますか？」

まだ告白を求めないことを試験官に伝え、坂柳《さかやなぎ》は橋本《はしもと》と対する。

「あなたが背信者かどうか、教えて頂けますか？」

橋本はチラリと試験官を見る。僅かにだが首を縦に振りここからの発言は白でも黒でも告白とは取らないことを約束した。

「どういうつもりだよ」

「あなたとお話をしようと思いまして。先ほど言いましたよね？　綾小路《あやのこうじ》くんからは自分に嘘《うそ》をつくなと言われたと。それが本当かどうか確かめさせてください。あなたが龍園《りゅうえん》くんの味方についているのならここでの答えは1つだけのはず」

「幾ら試験官に通告してるからって迂闊《うかつ》には信じないぜ。だからこう表現しようか。今告白を求められたら、俺は背信者じゃない、って答えるかも知れないな」

あえて曖昧に濁すことで自分自身への保険もかける。

これなら告白と取られるような形にならないのだけは確かだ。

「なるほど。ではあなたは違う配役なのにここに呼ばれただけ、ということですね？」

「ああ。本音を語らせてもらうさ」

「では今はそのスタンスで構いません。本音で語って頂けるのなら、伝言に辿《たど》り着《つ》ける気がします。告白の前に少しだけお話をしましょうか」

　直接、特別試験とは関係のない橋本と坂柳の1対1の対話が始まる。

「俺に何を聞きたいんだ？」

「今まで聞けなかったことを聞かせてください。以前なら興味も抱かなかったことですが、橋本くんのその性格と考えは過去の経験に基づいて構築されたものだと思っています」

「……どうかな。そうかも知れないしそうじゃないかも知れない」

「嘘はつかないまでも、素直に答える気にはなれませんか」

「過去を語り合うような関係じゃないからな」

「ではこちらから少し踏み込みましょう。私は味方も敵も徹底的に調べ上げます。あなたには奇妙な癖があることを存じていますよ。困ったことや悩み事があると、トイレの個室に籠る傾向がありますよね？」

　そう指摘すると、橋本はピクリと肩を動かす。

　誰にも悟られたつもりがなかった癖を、目の前の坂柳が知っていたからだ。

「いや、それは流石《さすが》にびっくりだ……いつどうやって知ったんだよ」

「もう正体にはお気付きかと思いますが、長い間山村《やまむら》さんには色々と調べて頂いていましたから。定期的に龍園くんに接触していたあなたにも、時間を割いていましたので」

「だとしたら、山村を男子トイレにも侵入させたってことか？」

「今思えば彼女には過酷なことを強いましたね」

否定せず、坂柳《さかやなぎ》はその事実を認める形で頷《うなず》いた。

「用もないのにトイレの個室に籠る。1人で考える時間を欲しているのか、あるいは現実から逃避できる場所がそこだったのか。思うに後者ではないでしょうか」

多くのヒントを持っていないはずの坂柳が、橋本《はしもと》が隠す心の鍵を開け踏み込んでくる。

「小学校か中学校なのかは分かりませんが、その行動真理を生む出来事があったのでしょう。そしてあなたの性格を加味すれば——見えてくるものもある」

パチパチと適当な拍手を返した橋本は、自ら笑いながら答えを口にする。

「珍しい話でもないさ。昔、俺のことが気に入らない連中に追いかけ回されることが多かったからな。んで通ってた学校の敷地内に、汚くて誰も寄り付かない便所があった。だから俺はそこに籠って色々と1人で考え事をしてた。その癖が抜け切らないだけだ」

嘘《うそ》をつくことも出来たが、これくらいならと真実を話す。

仮にも綾小路《あやのこうじ》に忠告されたこと。下手に破って機嫌を損ねたくはない。

「随分と楽観的に語っていらっしゃいますが、相当辛《つら》い過去だったのでは？」

「……さあ」

はぐらかす。答えれば、当然嫌な記憶が蘇《よみがえ》ってくるからだ。

「あなたはその経験の中で気付いたのですね。裏切られる前に裏切ることが正しいと信じ、自分が勝つためには嘘をつくことが生き抜く術《すべ》だと学んだ。それが橋本正義《まさよし》」

「知ったことを言うな。今まで地獄を見たことのない奴《やつ》が理解を示すな」

僅かに怒りがこみ上げ橋本は無意識のうちに膝を叩《たた》いた。

「綾小路の伝言だか何だか知らないが、俺には関係ない。俺はAクラスで卒業しなきゃならないんだよ。俺を糞《くそ》としか思ってない連中を見返すには成果が、結果がいるんだ」

坂柳が、龍園《りゅうえん》が、綾小路が。誰がどうなろうが知ったことではない。

自分がAクラスで卒業する。それだけを目標に、橋本は戦い続けている。

「もういいだろ。さっさと告白に移らせてくれよ」

「告白に移ってどうするのです？　あなたは自分に嘘をつかないように言われたのに、龍園くんの味方をせず背信者です、と告白するおつもりですか？」

「当たり前だろ。ここで背信者ではないですなんて冗談でも言ってみろよ、あんたは鬼の首を取ったように断定して俺を退学に追い込む。そんなことにだけは絶対にさせないぜ……」

「そうですね。私も口が裂けても断定しない、などとは言いません。あなたに対する答えは断定だと決まっていますから」

「ならそれこそ、この話は終わりだな。俺は——」

自らこの対話を終わらせようとした橋本は、坂柳の目を見て言葉を失う。

「なんだよ……なんでそんな顔してんだよ」

坂柳《さかやなぎ》は今まで見せたことのない穏やかな表情を浮かべていた。

相手をバカにするわけでもなく、母親が子供を見守るような温かい微笑《ほほえ》み。

「橋本《はしもと》くんに対する理解が深まったからかも知れませんね。私はあなたを退学にすることを真澄《ますみ》さんに約束しました。ですが……それを今一度考え直しても良いのかもしれないと、そんなことを思ったものですから」

「は？　そんなこと信じられるわけないだろ」

「取り消すとは言っていませんよ。あなたがこの先もクラスを裏切り続けるというのなら結末は変わらない。ですが、私を信じて付いてくるというなら、その限りではないというだけのことです」

「……俺がそれを信じると思うか？　裏切られるに決まってる」

「どうでしょうか」

「騙《だま》して俺を油断させて、仇討《あだう》ちをするつもりなんだろ？」

「それは橋本くんが考えてください」

「裏切るに決まってる。……絶対にな。俺は……あんたを倒さないと……」

不意に、橋本の頬《ほお》から水滴が流れ落ちた。

「なんだ……？」

自分でも分からない、突然の出来事。

それが涙だったことに、拭って初めて気が付く。

「なんだこれ。泣く理由なんて何もないのに……どうなってんだ」

思わず笑ってしまう、身体《からだ》の異常事態。

「今まであなたを理解する人は誰もいなかった。この先もいないと思っていた。でもそれが違ったことに、本能が気付いたのではないですか？」

目の前の橋本《はしもと》を見て、坂柳《さかやなぎ》も我が身を振り返る。

思えば、これまで誰も信用してこなかった。

自分の考えだけを信じ、そして突き放してきた。

だがその結果、未熟な心のせいで神室《かむろ》を失った。

橋本の抱えている闇。

右へ左へと自らが生き残るために手段を選ばなくなったであろう過去。

これから先、もっと距離を詰めれば語ってくれる日も来るかも知れない。

坂柳はそう考えた。

許しがたい男であることに変わりは無いが、神室の退学には自分の責任も大きい。

なら、機会を与えてやってもいいのかも知れない。

この特別試験で勝利し、再び橋本を仲間に引き入れてあげてもいいのかも知れない。

そんな思考が頭を巡る。
橋本が背信者だと告白し認める。
なら、後は坂柳が断定をしてそれで対話は終わり。橋本は報酬を失うだけ。
議論に戻り役職者を見つけ、龍園《りゅうえん》のライフを削ってこの特別試験は幕を閉じる。
しかし……。
坂柳は立ち止まる。

――綾小路《あやのこうじ》の伝えたかったことは？

橋本に伝えたという伝言は何だったのか。
目の前の男を許せ、そんなメッセージだったのだろうか。
1つの答えに辿《たど》り着《つ》きながら、まだ坂柳には違和感が強く残っていた。
坂柳は、静かに目を閉じる。
これは綾小路からの伝言とは違う。
橋本を許す、許さないという問題は、この特別試験でなくてもいい。
この曖昧な局面でなく、龍園の退学がハッキリしてからでも成立しえたはずだ。
それでは、今でなくては意味のない伝言とは言えない。

この状況において、伝えたかったこと……。
他の者が持たない優れた思考で、探り出す。
考える。考える。考える。考える。考える。
「あぁ……」
そしてついに坂柳《さかやなぎ》の思考が、隠された伝言、その答えに辿《たど》り着《つ》く。
「そういうこと……ですか……？」
否。それは認めたくない。
そんな伝言を、認めたくはない。
だから疑問符を付けた。
付けた上で、されど正解しているのだと脳は確信してしまう。
綾小路《あやのこうじ》から坂柳に送られた伝言が何であったのか。
この伝言は、龍園《りゅうえん》や橋本《はしもと》にはけして聞くことの出来ないもの。
龍園と戦った後でしか見えてこない、綾小路の真意。
それは余りにも、坂柳にとって残酷すぎる伝言。

「彼も……嘘《うそ》つきですね」
坂柳と龍園の退学を賭けた戦い。
その真の目的は綾小路と心行くまで戦うこと。
だから、邪魔になる相手を消すために成立した勝負。
そしてそれを知った綾小路はどちらにも肩入れしないとそう決めた。
そう決めながらも、その実どちらに残って欲しいか問われた時の答えを持っていた。
綾小路が待ち望む相手は龍園翔《かける》。

この勝負の邪魔をするつもりは当然なかっただろう。借りを返す、そのためなら助言もすると含みを持たせていたが、坂柳が断ることなど分かりきっての建前でしかない。
一連の流れは全て、敗北濃厚になった龍園へのささやかな逆転への手助けだ。

坂柳がずっと待ち望んでいる、この先に待つ綾小路との本当の戦い。
だが綾小路はどう考えているのか。
4クラスの均衡を前提に動いていることは知っていた。

困り顔を見たくて、綾小路《あやのこうじ》の計画の邪魔をしたりもした。
だがその根底にあるのは、綾小路が決戦の時を望んで待ってくれているからだ。
坂柳《さかやなぎ》は自分こそが相応《ふさわ》しい相手だと信じ、そう願ってきた。

所詮、それは坂柳の一方的な想《おも》いに過ぎない。
優れた思考を持つ坂柳だけに見えてしまう確かな未来。
綾小路はこの先も龍園《りゅうえん》の成長を近くで見守り、挑戦状を受け取りたいと思っている。
この戦いで坂柳が、龍園との勝負をもっと楽しみたかったと感じたように。

龍園にトドメを刺すことは簡単だ。
あと一押しすれば自身の勝利は確定するのだから。
そしてあなたの計画をまた邪魔しましたと言って、戦いを所望することは出来る。

しかし——その姿の何と滑稽なことだろうか。

坂柳有栖《ありす》はこの先、綾小路清隆《きよたか》には望まれていない。

ここで坂柳が勝っても綾小路が喜ばないという現実。まだ誰にも見えていない先の先まで、見えてしまう自分のこの思考を生まれて初めて憎いとさえ思ってしまう。

何も知らないまま、滑稽な自分に気付かないままでいたかった。

クラスのためを思うならば、ここは勝つことを優先しなければならない。

山村《やまむら》やクラスメイトの姿が一瞬脳裏をよぎる。神室《かむろ》との約束を果たすか、あるいは橋本《はしもと》と再び手を取り合う、そんな未来だってあるかも知れない。

学校生活を続けるのはけして悪いことだけじゃないだろう。

しかしその先に『坂柳が望むもの』は待っていない。

それは坂柳にとって、何物にも代えがたく辛《つら》い現実だ。


『ここで負けてくれ』


それが綾小路からの伝言だ。

他の誰にも気付けない伝言を、坂柳は確かに受け取った。

想い人からの残酷な言葉にも、坂柳は薄く笑い、目を閉じる。

そうしなければ、橋本と同じように自然と涙が溢《あふ》れ出《で》る気がしたからだ。

『もう時間です。橋本《はしもと》くんは告白をお願いします』

対話が終わりを告げる。

ここまでは自分に嘘《うそ》をつかず、坂柳《さかやなぎ》と対してきた橋本。

求められる答え。

「ああ……俺は背信——」

声に出せない声を出そうとした橋本を、坂柳は静かに制止する。

「そうですか。背信者ではないと。そうですよね、あなたは背信者ではありません」

橋本が目を見開く。

「おい、坂柳……？　どういうつも——」

ここで、橋本がこの先どう答えるつもりだったのか、それは分からない。

やはり自らの退学を避けるため背信者だと認めたかも知れない。あるいは最後まで自分に嘘をつかず、龍園《りゅうえん》の味方を続け背信者ではないと言ったかも知れない。

しかしそんなことはもう関係がない。

『……橋本くんの告白がどちらであるか、判定が——』

疑惑に対しアナウンスが入ろうとするが、坂柳はそれを止める。

「無粋ですね。彼は背信者ではないと確かに言いましたよ。再度確認を取ったところで同じでしょう。そして私も答えを変えません。そうですよね？　橋本くん」

「おまえ、なんで……」

「―――これが綾小路《あやのこうじ》くんからの伝言だから。ただそれだけのことです」

坂柳の下した結論。

もう一度アナウンスで確認を取られるも考えは変わらない。

やがて判定が下される。

『……坂柳さんは背信者を見抜けなかったためライフを5つ失います』

新たに学校を去る者たちが生まれた、学年末特別試験が幕を閉じる。

龍園翔《かける》は負けた。

そして坂柳有栖《ありす》も負けた。

その矛盾の中には、確かに勝者と敗者が存在した。

あとがき

5ヵ月ぶりで御座います。衣笠《きぬがさ》です。

ヘルニアが完治いたしました！

……と、ご報告出来ればよかったのですが、実は状況は何も改善しておりません。

何とか今回は少し遅れで出すことが出来ましたが次回はどうなるのか、現状ではまだお約束は出来ない感じで御座います。申し訳ねえ!!

どうしても11巻の後の12巻で長期間待たせることをしたくなくて、体に鞭《むち》うちました。

その反動であとがきを書いている今は11巻執筆直後よりも遥《はる》かにボロボロだぜ……。5ヵ月かかりましたが、4ヵ月で書いていた頃の倍は大変でした……。もっと時間ほちぃ。

寝ながら書いたり立ちながら書いたり、あの手この手で試行錯誤はしている状態ですが中々『座って執筆する』を越える姿勢を見つけられません（当たり前）。

暗い話を長々としても仕方がないので、ひとまず精進して参ります。

さて今回12巻で3学期編の終了となりました。

そして次回は春休みの12・5巻となりますが、それをもって2年生も終了となります。

自分には長いようであっという間だった2年生編ですが、皆様はどうでしょうか。

よう実が始まる前には生まれてすらいなかった娘が、気付けばランドセルを背負って学校に一人で向かうようになって、月日の流れの速さを猛烈に実感してます。

そんな時間の中で十分書いたなと思いつつも、振り返ってみればもっと物語の裏側とかも色々書きたかったたな、と考えることもあります。

今回は12巻の中身については触れません。なんか変に匂わせみたいなことをしても無粋だなということで。また何かの機会で深く語ろうと思います。


何はともあれ、次回も出来るだけ早くお届けできるように頑張ります。

歳《とし》はだいぶ取ってしまいましたが、創作意欲は全く衰えておりませんで……。

身体《からだ》さえついてきてくれるなら、もっともっと書いていきたいなと。

間もなく夏になりますが、今年も熱中症などには気をつけてくださいね。

それでは皆様、また年内にお会いできることを期待しまして、しばしのお別れだ！

MF文庫J

ようこそ実力至上主義の教室へ 2年生編12

2024年 7月 25日 初版発行

著者 衣笠彰梧

発行者 山下直久

発行 株式会社 KADOKAWA
〒102-8177 東京都千代田区富士見 2-13-3
0570-002-301（ナビダイヤル）

印刷 株式会社広済堂ネクスト

製本 株式会社広済堂ネクスト

Printed in Japan ISBN 978-4-04-683797-4 C0193

◇◇◇

【 ファンレター、作品のご感想をお待ちしています 】
〒102-0071 東京都千代田区富士見2-13-12
株式会社KADOKAWA MF文庫J編集部気付「衣笠彰梧先生」係 「トモセシュンサク先生」係